大雅

为一种品格注脚

本书获"河北大学诗丛"项目资助

大雅诗丛

雷武铃——主编

悲歌与列传

BEIGE
YU LIEZHUAN

杨 震——著

广西人民出版社

序

雷武铃

因为在河北大学工作,我有缘认识一群非常优秀的年轻诗人。在进退起伏的时代浪潮的冲刷之中,和他们共享着某种精神价值,结成了迄今二十多年的诗歌友谊。我目睹时间的魔法将这群躁动欢闹的青春少年变为面容稳重的成熟诗人,深知他们诗歌的深刻卓越和几乎不为人知的状态。他们对发表的淡然可能受过我的影响,因此我觉得对此负有责任,一直想促成一套河北大学相遇诗丛的出版。现在有五部诗集要出版了——被收入著名的"大雅诗丛"国内卷第三辑,我虽然对写序很畏难,但有机会正式推介这些诗人我也很乐意。

新诗是一门自带理念与理想,自设要求、难度和目标的艺术(似乎一切艺术皆如此)。它仍符合中国古代诗歌"在心为志,发言为诗。情动于中而形于言"的宗旨和浪漫主义诗人"诗是内心强烈情感的自然流露"的信条,它仍是普遍人性的自然表达。但自觉性和批判性更是现当代诗人写作的必须条件,它们决定着当代诗歌的必要性与有效性,是区分诗人和一般爱好者的界限。这种自觉性和批判性,既针对诗歌本身——它的演变历史,它的语言形态和表现方式,它的美学观念和抱负——也针对诗歌内容所涉及的现实真实性,还包括诗人自身的反省与确认。它们最终构成一个诗人与其诗歌的映象关系:他的存在、他的生活与生命如何进入语言,成为诗歌,从而确认其存在。

这五位诗人的诗都有自带的理念和理想,都有自设的难度和要求。一种并非单一而是多重的综合性要求。和那些偏向单一语言修辞或历史、道德与政治正确(或不正确)态度而成姿态的诗人不同,这些要求更隐蔽、微妙一些,不太容易被一下子辨识出来。他们的难度不仅在于语言特异化修辞的创新,更在于语言和真实之间最紧密的触及方式,在于辨识世界的真实和自我的真实之间的关系并予以最准确的命名:描述和概括,并最终将具体有形的语言融合进一种更高的无形的意义之中。在反复确认诗歌与他们的社会生活、个体存在、他们所在的世界历史之间的关系中,他们实践着自己的人生即诗歌的信条,实践着自己个人的德性。他们的诗没有空洞的高调,他们的批评主要是指向自己,而非外部世界。他们的诗是一种自我修养，与当今社会现实、个体存在的孤独困境相关。他们用自己具体的诗歌写作回答荷尔德林在现代历史开端时提出的老问题：贫乏的时代，诗人何为？他们诗歌内在的严肃性皆源于他们认为诗作为一门语言的艺术，既与语言自身的表达历史以及艺术相关，也与诗人关于自我和世界的精神探索相关。诗歌需要建立语言与现实的关系，确立其必要性。

他们之间持久的诗歌友谊和共同的诗歌精神与态度令人瞩目，同时他们每个人具体的诗歌写作中又有着非常不同的取向。他们的个性、气质有着巨大的差异，这自然体现在他们的诗歌形态与风格上。这正是诗之本义，因此很有必要谈一下他们各自的独特性。

杨震的诗起于南方少年才子的善感与唯美，中途变为魏晋风度和浪漫主义的坦荡与高亢，其语言又有着现代诗歌刻意的浓缩与变形。他的诗始终有着因单纯而来的极致与活力。即使是他描写性的诗歌，细节的观察也有一种直上云霄的劲头，这使他的诗总有一股逼人的英气。在他《响水坝的人》这类写人叙事的诗中，他心灵单纯的质地因为融入一个客观世界的丰富性从而获得某种减速、从容与扩展。

这次全面读他的诗集，最触动我的，是他诗中那种单纯、热烈的声音。这是内心的呼声，雀跃欢呼的诗意。他的诗富有沉思性，一种认识世界的努力，沉浸性思考的天赋，一种澄清混乱的世界和确认自己迷乱的内心最真实存在的内在需求。他的诗有一个焦点与核心，一种自我生命的存在意识，一个吸附和汇聚这个世界和社会的全部现象，由他生命存在的全部意识凝结而成的神秘中心。这自我的生命感受：困惑与觉悟，既是他诗中的痛苦也是其喜悦的根源。他的诗延续着一种古老的意识和主题，古树开新花，将生命意识和情感映射到万物之中。

套用燕京大学"因真理、得自由、以服务"的校训，志军的诗可谓因朴素、得伟大、以垂范。他写的是个人生活和生命根基性的内容，他的诗关注的是生命存在最基本的问题。他写出了个人出生、成长的那个小地方，也就写出了全世界（从他的第一部诗集《世界上的小田庄》开始建造的世界，在这部诗集中得以完成），正如普鲁斯特那部写个人记忆中最琐屑的内心体验的《追忆似水年华》唤醒所有人的生命记忆。他和普鲁斯特一样倾注生命全部的热情与爱，写最细微、最地方、最个人、最微不足道的事，这些微观的个人印象最后构成宏大的世界和心灵的画卷，这些微弱的心灵悸动最后成为世上最真实坚实的存在；相比之下世界每天巨大的喧嚣，似乎只是些历史的浮沫。与这最朴素的事业相匹配的是，他极为专注的心灵品质，他极为耐心的聚焦天赋。他诗歌沉静的魔力就来自这种专注的品质与清晰的聚焦。

　　志军诗的成功还源于他高超的诗歌技艺。朴素的诗最难写，就在于需要与之相匹配的技艺。志军的诗歌技艺也是最朴素、高超的一种，不是炫技外露，而是节制、隐藏与自我消失的艺术。和陶渊明、福楼拜、契诃夫、毕肖普相似，他深谙艺术之道，其苦心经营的是以最简洁有效的方式将世界、事实和自己直接呈现，去除任何痕迹。他的艺术抱负最朴素而诚恳，谦卑又宏伟，他从最细微处起步，不仅在一首诗中结构，还在整部诗集中结构，在整个写作中结构，最终完成了一个坚实世界的创造。他的思想也是最朴素的，那些未写出的只是在心里承受，这些写出的，都是从他心灵深处的再次诞生，从而获得生命光彩。他的诗既是对个体存在的专注，又有重要的伦理性。他的诗并不是只停留在诗中，也不只停留在诗人中，它们属于一个更广阔的系统，一个道德、伦理和存在意义的系统。作为诗人他写诗也是在完善他自己，修炼他自己。当代大多数诗人都是凌乱的、摇摆的、即兴的，碰到什么是什么，只是任性，没有常性。当代诗人极少有这么惊人的朴素，这么专注、沉静、坚定、踏实。这种朴素似乎每个人都能做到，实际上却极少人能实现，因此志军的诗是一种垂范。

王强的诗有着强烈的现实性与时代感。他写了众多的人。这些老的少的，男的女的，穷苦的病痛的，在各种现实的困境中挣扎的芸芸众生。这些人像在明暗交叠的光影中，面目不清；有的行为怪异，只有生存本能，有的也努力构建自己（《成功学》）。这些盲目的或用力过猛或轻佻的人，他们残忍的真实，让人无法认同，只能在旁观中感觉困惑与惊愕。王强的诗敏感于当代人的生存与心理境况，有一种直视赤裸残忍的现实的意志，以及将其纳入诗歌的创新雄心。

与此相应，王强的诗技艺新奇，写法多变。他的诗有一种一望而知的开阔与自由，含混与幽暗。他的语言（镜头）并不停留、并不清晰聚焦，在运动中不断跳闪，视角灵活多变，也纳入诸多的杂乱与干扰，从而构成开阔丰富的效果。其语言方式和结构的形式也时代感特强，它们就是光怪陆离、闪烁不定的现实图景：这么多的人与事，那么多奇异的即时热点，强烈而含糊地闪过，来不及理解，刺激我们的感官，困惑我们的认识，一如我们每天直面原生混乱的现实。

王强诗的创新之处还在于对确定的抒情主体及其价值态度的淡化。他的诗中几乎没有诗人，只是一种可怕的戏剧力量在淡漠地运行。其中有多变的人称，众多的角色，各种场景与状态。有各种外部描写、内心感叹和旁观议论融汇一起，各种抽离旁观和自我扮演，入戏又出戏，疏离又愤怒。但没有一个确定意义的中心主体。繁复漂亮的语言镜头之下，通常是荒凉、空无，是悲惨的无意义。这是艾略特以来的时代精神之继续，王强赋予其本土的生机。

巨文的诗中隐含着一种动荡的痛苦，因含情太深或用情太苦而透出的沉痛。与此同时，他的诗因其风格的朴实、节制、坚定、视野开阔而充满力量。他那些关于家乡农村人事的诗带着浓厚的尘土气，那些关于在城市谋生的青年的日常生活和个人情感的诗有着无尽的沉陷和挣扎，但也有一种力量从尘土中、从绝望中升起，有一缕阳光恩典般从上空照射进来；再加上他的诗歌在细节上客观准确，结构上严谨坚实，语言上节奏刚劲有力，音调稳重宽广，这一切赋予了他的诗一种当代诗歌罕见的古典悲剧般的庄重与崇高。

与此同时，熟悉巨文的人也能从他那经常爆发的语言的即兴才能中听出他天性中粗野的喜剧性欢乐。他的才华中最让人惊叹是，他的语言有一种爆发力，很有冲击性，节制又利落。这赋予了他很多短诗一种特别的魅力。这在很早时的《啄木鸟来访》《自然法则（二）》，还有新近的《Human Resources》，都有体现，尤其是最后这首，冷静的语言之下有如爆炸的事实力量，那种平静的断言力量，让人惊心动魄。

国辰的诗有一种巨大的伤感。它轻盈地弥散在他的诗句中，这是古典诗词中弥漫的人生惆怅的当代版。这是个人心灵在打量着世界，却总看到映现其上的自我存在，那柔软，孤单、幽深、优美、忧伤的心灵。现代人已经很难写好这种伤感，那种哀而不伤的古典优雅，它干净又饱满，在尘世之中又有出世的浩渺。它需要有一种深觉痛苦之命运又能完全无视，以及超然远举的风度。它最需要的是一种特别的语言，古典又现代，准确又出人意料，能完全牵引出内在心意。国辰非常罕见地拥有这样的一种语言。

国辰的语言非常美妙，能承载着他曲折幽深的情感重量而轻盈滑行、飘飞。我给很多届学生读过国辰的《保定》，这是一种可以清晰地感觉却又无法把握的优美和伤感。这种美妙贯穿他的全部诗歌，包括他沉思深刻的《根器》和规模宏大的《四季歌》，也都如此。这是诗歌的最高境界之一种，也是动荡时代的敏感心灵之一种。

以上是我对五位诗人独特性的简单理解。贝多芬在《D大调庄严弥撒曲》手稿中题词："出自心灵，但愿它能抵达心灵。"我相信随着这些诗集的出版，这些诗将抵达那些我不知在何处的热情心灵。

最后也是最重要的，我要特别感谢河北大学文学院和广西人民出版社，它们的慧眼支持促成了这些诗集的出版。

2024年3月

目录

第一辑 行走 / 1

行走 / 3

你 / 7

"我" / 10

未完成 / 16

巴门尼德 / 19

芝诺 / 22

赞美 / 24

我的孩子 / 26

夜归 / 29

世人都晓读书好 / 32

2018年12月31日 / 35

新年的祝福 / 37

失眠 / 39

遗嘱 / 42

第二辑 悲歌 / 45

俄耳甫斯致欧律狄刻 / 47

写在你生日的诗 / 49

Indefinite / 51

雨后 / 54

早晨 / 55

阳台 / 56

小路 / 59

致老友 / 62

南京大学 / 66

雷峰塔下 / 69

2015年12月31日 / 71

雨 / 73

五月 / 75

重逢 / 77

无题 / 78

第三辑　与你　/ 79

与你 / 81

给 G / 82

照耀 / 83

司马台，夜雨 / 85

少年之诗 / 86

我们 / 90

空亭 / 94

角落 / 96

第四辑　列传　/ 101

响水坝的人 / 103

动物列传 / 114

废物列传 / 117

植物列传 / 125

小东西 / 134

九种死亡 / 142

丽姨 / 152

彭哥 / 155

守夜人 / 159

两小时零一分 / 160

露天电影 / 169

旱冰场 / 172

晴天里的城中村 / 174

第五辑　绝句

179

春天 / 181

沙漠绝句 / 187

四月变奏曲 / 191

城 / 193

三月绝句 / 197

光 / 198

孤独时刻 / 203

后记 / 207

第一辑　行走

行 走

回到教堂钟声均匀的寂静,
街巷中沥青的软,浊辅音的硬;
回到节律、自由、信用和稳定;
回到遍地阳光,充沛的热望;
回到《深处》《法兰克福》……
亲爱的,是的,
时光可以倒流,但
你的爱,你的遗憾,你新鲜的刺痛
却不会。

回到清晨的冷,黄昏的暖,
三层清澈云彩,
一个又一个不同香水的拥抱;
回到讨论室、图书馆、公寓;
回到书店却回不到无知的狂热;
回到太多熟悉却回不到渴望的新奇。
亲爱的,我回到你却回不到他们;
回到一个名字,一个方位,却

回不到一场梦。

回到小路两边树林簇拥的安详,
砂石地上缤纷的洁净;
回到七叶树、三叶草、橡木,
高大钻天杨燃烧着的八月时光;
却回不到
一双沿着你的身躯攀缘的手,
你凝结所有疼痛呼唤的那个形象。

回去,是永不能实现的刻舟;
回到一片大陆,一个国家,一座城,
回到金海姆大道42号1561,
却回不到2007年10月3日
那一声时光之门的吱呀闪亮。
鸽子、乌鸦振翅而飞,浆果油黑;
推着婴儿车的草地和森林,
各种花香向你微笑。
回到德语、英语、法语……
却找不回那套秘密语法
你我曾分享与诉说的一切。

回归，是无法后悔的南辕北辙，

是在一个球面上寻找起点与终点。

回到遍地笑容，各种握手的温度，

门前几度落叶又开花的树，

变化莫测的天气，

充满活力神奇的光线；

回到激励、自信与强壮；

回到一个深爱过的人，却发现

熟悉的河床里流淌的尽是陌生。

亲爱的，回归

是比远离更快的速度奔向远方；

当梦想成真，发现

成真的不再是当初的梦。

你朝着过去的方向奔向未来（或者相反）。

地球是圆的，而你的生命也是；

向着异国你奔向自我；

用"怀念"命名一条新路；

你向右推动时光的旋转门，

发现自己

置身于左侧。

这就是生活,教育,路途,
回到枝头累累的苹果园,
依然平静的钟楼,炎热中午的阴影之凉,
蓝色山脊线,风化剥蚀的古堡,
红色房子,黄色房子,蓝色房子,
回到木楼梯吱呀吱呀的颤抖,
回到一个不确定。

没有凝固的傲慢,也没有卑微的忧虑,
只有大脑里两条肌肉强劲的腿在行走,
踩在结实温软的砂土上,
在这即使压倒、依然崛起的荒草地;
像风中摇摆、簌簌抖动的杨树叶,
里面包裹的是始终坚固、直立上耸的主干;
云层后面透射出
轮回起落却永不消失的金黄。

2013.8.4 法兰克福 金海姆

你

你是一种生活,无迹可寻的芳香,
广播里一段提琴
在黄昏给整个校园带来高贵的忧郁

当我听老歌,体内的欲望退潮
你就出现,像条小船载着我全部的生命
驶入清澈的蓝色群山之间

你不像是某个人,更像一种姿势,
一种气氛,山路转弯后
面前那一垄让人安静的紫云英

你是一道背影,一抹暗示
让人心跳不已的一束猜测,
从不曾如愿响起的电话铃声

修改了无数次的剧本里
从未上场的女主角,你是

食堂路口所有错失，所有假设

渴望和缺席之间的落差
强对流，闪电和暴雨
让我的青春失火，又浇透

残雨，至今仍一滴一滴
垂落在灰烬上，空中弥漫
清新干净的初夏气息

你是一生中最大的错失，
却是最厚重的礼物，你是
我弹过的所有吉他，写过的所有诗句

那么多寂寞，而今听来都是音乐；
那么多空白，而今遥望都是奇迹。

你是发烧时的清凉幻影
醉酒时电话簿中翻到的那一页
坚持最后一个引体向上时心中默念的那个名字

你是受人嘲笑时内心的底气
被人追捧时蓦然的失落
是信心，也是卑微，你多像上帝
站在绝望的尽头。

你是此生虚幻的全部证据
也是唯一那道缝隙中的光。

2014.6.2

"我"

我喜欢蓝色
不是"天空和大海的颜色"
是它们纯净、安宁时的颜色

我喜欢站在高处:
大桥,楼顶,山峰突出的岩石,
从专注的劳作中起身的时候

我喜欢敞亮的日常:
平原、山脉、转弯的河……
和"没关系""谢谢""你能"

我偏好完美的残缺:
月牙、枯树、废弃铁路、古代废墟
博物馆竹简上未完成的思考。

墙头、屋瓦上的青草
爬上窗户的常春藤,老夫妻的笑容

它们对我的激励胜过任何成功者的故事

钱财和名望都不足以动摇我

但我的缺陷也同样牢固：

在水银的蒙蔽下，玻璃成为镜子；

在恋爱的狂热中，我成长为男人。

我很少看新闻时事，我更习惯

每天看一眼窗前那棵香椿树

和自己镜中的脸

我没有财产

于是上天赠予我阳光、风、水波、落叶

没有计划的明天

我不曾带给父母足够幸福

所幸的是，我曾陪他们度过多年来的苦

我智力中等

这让我渴望学习，也甘于放弃

我学过两三门外语,修自行车,开垦菜土
假如我被剥夺和放逐
依然能携带着它们。

我走的是条下坡路:少年学道,青年学佛,
如今我毅然回到这个词:"自我"
重新吻合在它的边界处。

我最大的成长是知道了
自己就是地铁里、人行道上那个"不认识的人"

但我始终有一颗骄傲的心
我夜以继日,不敢懈怠,就是为了追上它

我最喜欢的人造物是教堂、神庙和园林
把不可见的精神之美建筑在石头砖瓦上

我热爱的职业是教书和务农:
他们驯化的是时间,
他们收获的叫:绵延

我最喜欢的花是橘子花

它是唯一一种芳香,我曾拥有上百亩

我最喜欢的运动是游泳

那时我流畅,坦白,净化且飞翔

就像在文字中

我最想去的地方是家乡,

最好是1990年的家乡

那时候爷爷还没死去

我们坐在地坪里晒太阳

如果有前世,我应是庄周

或他的乌龟,他的小猪,他的鱼

我最迷恋的事物是阳光

如果有来世,我愿意变成

露珠,玻璃,或一片冰

我梦想中的房子是天文观测站那样的半球形

弧形窗旋转,朝向日月星辰。

我饱尝爱情,
有时候我更珍惜男人的情谊
冰镇过的甜酒

我也饱尝过悲痛、绝望、惊惶和忧虑
至今我仍不能说是个幸福的人

但我仍感激这一次性的存在
这缓慢的燃烧
让我的生活珍贵,神秘,充满热力。

一想到我死后世界还会存在
就令我眩晕。于是我宁愿相信:
我一生悲喜相抵,结局与千古相同。

如果你说,今天就是我最后的日子,
我会做什么?

我会依然沿着老路

走到河边,在阳光中坐一个下午,

因为我相信传道者的话,我相信
世上没有更重要的事情。

2013.12.30

未完成

有时候,你会想起少年时的事

可能是整理书箱翻见了一片二十年前的树叶

或者被路边闯出的一首老歌撞倒

你突然发现

自己同时是十三岁和三十岁。

谁知道,你一直怀念的那个姑娘

如果从记忆里跳出来,该喊你叔叔了;

你终于可以大方走进玩具店,

因为你终于可以让人相信

"他是在为儿子而激动";

你每次无助的时候,都幻想在父亲壮年的臂弯里躺一躺,

但突然发现,现在自己就是那只胳膊;

有时,你感到自己的躯壳

在你心外不听使唤地生长,衰老,

你每天穿着它去见人,

可笑地听他被别人称作"老师""您"

而你回到房间把门关上

咬指甲，挖耳朵，傻笑，用铅笔画各种怪兽……

那些"好大的大人"……

你现在终于变得比他们还大

那些"好小的小孩"……

其实你仍然比他们更小

好像睡了一觉起来，你就老了

看到窗外积满昨夜的雪，

你想尖叫，想往外跑，打滚，堆一个大大的雪人

猛然间你看到玻璃上自己的脸

一个陌生人的脸，让你凝固在一道无声的尖叫中

这声尖叫持续着，持续着，也许永远都不会散去

这道窗玻璃就是你的全部，

可以看见前方，也能看到背后；

可以看到外面，也能看到里面；

无数个影像挤压在一个平面上，薄薄的，空空如也

但你走不过去

你从来都不是你自己

你感到你身上流淌着一条陌生的河流

它流啊流啊，一刻不停

你看着它，感到绝望，也感到好笑

你躲在时间之外,但找不到自己

你只是未完成的一声叹息

2015.3.2

巴门尼德

    他说,存在便是永恒,不在的,始终都不在。

我分开空气前行

分开厚重的防盗门,安检门,

我拨开地铁里的上班族,

山上带刺的野酸枣,

林地里有毒的五彩蘑菇,前行。

我迎面分开狂暴的风,黑暗的湖水,

体内攒动的各种饥饿,高速路前方无数标签,无数真理,

亲人的期待,朋友的问询,

评比,竞赛,奖金,职位,

我拨开它们正如它们拨开我,

它们在我身后弥合。

有时我成功了,我移动,

挤走的人群如犁开的泥土分离

如赫拉克利特之河。

有时我必须站住

为别人让位,在无止境的高峰期

被夹在拥挤的、气味浓烈的实体中间,

一动不动地,移动!

我知道,若我存在,我便是永恒,

既然我不得永恒,我便不存在——

我的病痛,我的遗憾,我的爱

我所错失和渴望的,呵……

既然无法永恒,就都不存在!

你的亲吻也不曾存在

更何况你的眼神,那些伤害的话

被你扔出窗外的礼物

烧掉的信,格式化的硬盘,

自动取款机亭子里熬过的长夜

都不曾存在。

不只是期待中的欢乐不存在,

那终将过去的痛苦也不存在;

记忆中的你不存在,

被扔进未来的我也不存在。

我移动着,像一个幻影

在幻影中,

如果有物存在,他绝不移动

他能往哪儿去呢?

到处都是"你",都是"他",都是墙壁,

都是急切想要到来的伤害。

我不能走向你,你也不能。

如果我们曾在一起,就永远会在一起;

既然你会离开,曾经的一切也只是误会。

我们是两个虚无之间一片薄薄的幻觉。

你的拥抱并不存在,正如

你砰然关上的窗并不存在,

那些安静的湖水,

盛大的落日,厚厚的落叶

并不存在……

2015.6.6

芝 诺

> 他说：飞矢不动，阿基里斯追不上乌龟。

我够不着面前的一切：
山脊线，云团，树林，湖面上金色的霞光
我够不到
终点站，承诺，因冷漠而格外美妙的身影，
我够不着书中的想象、理解与安宁，
一个叫"幸福"的幽灵总在不远处跳跃，
等我赶上，它就跳开。
我向前走，所见之物就退却，
我无法抵达任何地方，
万物与我保持距离。
我无法抵达你的怀抱，
即使在皮肤的紧贴中，
你的双手依然过于遥远。
中间隔着一万个误解，
一万个猜测，一万个忧虑。
我以多快的速度奔向未来，

未来就以多快的速度远离我。

其实，我根本无法移动，

如果足够诚实，我就该承认：

我从来没有走出过痛苦，

衰老，贫乏，与无知。

尽管周游世界，你依然只是站在原地，

站在你不愿站立的地方，

你只是，换一个位置眺望。

你不能同时站在过去与未来，

去体验一个梦想成真；

你不能同时站在这里和那里，

抓住一个近在眼前的远方。

我没想到，你我之间相隔的不仅有空间，

还有时间——那堵一旦建立就永不拆除的墙；

握住的，早已不是苦苦渴望的手；

我没想到

我走向你，就是与你分离。

2015.6.21

赞 美

我赞美转瞬即逝的事物
傍晚天空的光,
窗台歇脚的鸟,
山路上四月的清香。

永恒并不遥远,
就在满怀疼爱的一瞥中;
就在你陪年迈父母
坐着的下午树荫里。

我赞美白鹭飞离树梢
那一刹的舒展,
我赞美分离时的战栗,
遗憾中虚构的极致之美。

只要足够注视,
时间就会停止,
除非忽视,不会有什么

从你面前流逝。

我赞美,
永动的波涛成全我赤裸前行,
我赞美你从我手中取走的一切,
让我得以张开双臂。

万物以其流逝,让我们自由,
蓝天,大海,起飞前的风,
在热爱的眼中,
每一秒都与这一秒相同。

我赞美转瞬即逝的事物,
鲜花,雨滴,云影,
那不能永存的一切,
都与你我相同。

2016.6.22

我的孩子

如果我有一个孩子,我会带他(她)一起,
用放大镜点燃《自然》课本,然后
走进山中,阅读岩层中的小鱼,
分辨鸟的方言,每种植物的味道。

我们坐在山崖突伸的岩石上,
背靠松树,凝望蓝天白云
这时候,我会教他怎么读诗:一页一页
撕下,折成纸飞机,趁着风,看它们滑翔。

他将学会用手机敲核桃,
地图做折扇,然后我们走进森林
按草木种类寻找水源,
沿河流辨别高低,枝叶疏密分清方向
——就像在无法俯瞰的时间丛林。

他会习惯打架,在雨中踢球,
逃课,失恋,挂科,尝试千百种输赢。

他会被允许骄傲,用他不断膨胀的野心之圆
接触更广阔世界的边际。
在这之后,我会送他一两本哲学
当枕头。

如果我有个孩子,我要教他
欣赏惊人的人类艺术,不去博物馆、美术馆,
而是去废弃炼钢厂,充满违章建筑的城中村,
收割后的庄稼地,农家院
九十岁的老人树桩般坐在院子里编藤篮。

我的孩子,我将带他周游世界,
参观康德的墓、贝多芬的墓、爱因斯坦墓
杜甫墓、莎士比亚墓、华盛顿墓、梵高墓……
让他看到:人的脚下无非墓地,但
世界因为死亡,变得多么精彩。

他将不被鼓励打满分——那只是无益的谎言
成绩最好居于中等,
就能不被关注,获得更多自由。
他不会因浪费时间受到责罚,相反,我要教他

一百种浪费时间的最佳方法。

当然,他可以对我所有主张说"不",
前提是他可以说"要",并且把我捎上。
比如:一起玩联机游戏,一起狂吃垃圾食品,
一起在泥地里打滚,放声尖叫……
很快我俩将厌倦一切放纵,并且知道平和不是教条。

如果我有孩子,我会带他
在各种湖泊和大海中游泳
不是观看,而是投身壮美的流逝。
冬天厚实的冰面,我们只用两三个动作
就滑过整个两岸,然后他会望见
毕生的轨迹,在大风中渐隐。

2015.7.4

夜　归

夜归,是感受自己的时刻,
最后一个走下末班车
忍不住向它挥了挥手。

路灯照着空旷马路
一个易拉罐在滚动
散场的舞台
再没有加速、赶超和返程的戏。

拐弯,扑面而来的黑暗
释放满天星斗,一言不发
只有脚步　聆听着自己的轻重缓急

虫鸣,树影,草地,灌木
一切因沉静而显现
你认出它们如最深自我

夜归,是一天劳作后

与良知吻合

感受疲惫中的轻松

想想饭菜，

想想体检结果，

想想几百米前方安睡的家人

夜晚不是迷梦，是最清醒时分

世界模糊了

清晰的只有你的爱，你的痛，

你深藏的脆弱与虚无

夜归是无需逻辑而抵达的思考

向着黑暗，你仿佛在深入某个结论

但也许是更大的问题

仿佛走在另一个世界

被人称作夜晚的

其实是某种太阳的升起

被称作回家的

其实是新的启程

走向你最想拥有

却不断搁置的另一生

2013.10

世人都晓读书好

读书好,要多读书、读好书

世上任何事情都比不过

《伊利亚特》《理想国》《神曲》《纯粹理性批判》

《论语》《庄子》《诗经》《杜工部集》《传习录》……

是啊,万般皆下品,世上最高贵的花

开在柏拉图毫无阴影的天国

目光焚烧的书页将供你在另一个世界享用

这卑贱的尘世,他们娶通俗老婆,生滚地孩子,

给老父亲剪肮脏的指甲,陪家人饭后闲谈

多么浪费时间,快去读书!读

《正义论》、《尼各马可伦理学》、斯宾诺莎书信

妈妈你不要打扰我,快去做饭,老爸帮我去邮局

取包裹:孔夫子网新买的《笺证》《义疏》,我要抓紧弄清楚

"弟子入则孝,出则悌"是几个意思,还要写篇论文

《古今"仁""义"源流考》。

整整一年我都很少下楼,因为

我想要认识这个世界。先从《范畴篇》开始,

翻遍了《沉思》《人类理解研究》《人类知识原理》……

"休谟把我从迷梦中惊醒",我终于明白:地球绕着太阳转!

哦,又一年过去了,

我觉得我快了,马上,再给我二十年,三十年

就能读完哲学三书、康德全集、神学大全、《十三经注疏》……

真理就在眼前。要抓紧啊——

爸爸说,妈妈说,智慧的白胡子老教授说:

不要吃甜食,不要谈恋爱,不要玩游戏,

篮球,篮球,就知道篮球,四肢发达,

侬晓不晓得有个贬义词叫"特长生"!

人生苦短,须及时读书。书中自有

樱桃小嘴鹅蛋脸,哪有时间喝咖啡!

关上门,继续读我的"铜雀春深锁二乔"!

哪有时间旅游,哪有时间散步,哪有时间发呆,

"人,诗意地栖居"在伟大的荷尔德林诗全集中

里尔克笔记、《四个四重奏》、《战争与和平》、《包法利夫人》

《比萨诗章》《从彼得堡到斯德哥尔摩》里面。

文学啊,艺术啊,崇高的精神啊,什么样雾霾可以阻挡

灵魂的眼睛,关上窗,拉上帘,读吧,读吧,

天堂应该是一座图书馆的样子,哦地狱也是

天终于晴了,北山移近了至少三千米,云朵白得想吃掉

可是,要专心,读完这本《王右丞集》,你就知道世界有
多美。

读吧,读吧,读完这辈子的书,你就会彻底明白:

应该怎样去生活……

2015.7.4

2018年12月31日

时间不是今天才流逝,
你也不是昨天才失去。

真的终点来临时,从来不是带着爆破声,
它静得像暗夜里的昙花。

生命在哭泣中开始,
死亡却温柔如睡。

人们互赠鲜花,手握它的伤口,
吮吸着它的垂危。

小孩点燃礼花,在夜空中为自己画像。
父亲在斥责他的儿子,
渔翁在赞美他的鱼。

而你,在苦中挖掘药物;
在远处,把荆棘戴在头顶。

那是生命唯一的、最后的钻石。

星光灿烂,我们得以仰望
亿万光年前密集的衰老,
如同绽放。

新年的祝福

亲爱的,我不会祝你快乐

因为我知道,新的一年,

你一定还会撞上猝不及防的悲伤

愤怒,惊慌,失望……

一定还会有无法沉睡的梦,

欲说还休的心事,荒唐空洞的白天,

难以天明的夜……

亲爱的,我也不会祝你健康,

我知道,感冒,牙疼,崴脚……

还会光临你孤立无援的日子

给失去防守的身体雪上加霜,

你还会和我一样,

用一身新买的自信,裹紧那个不再是原装的自己;

叫我如何祝你心想事成,当

失算,打击,徒劳,意外

还会突袭你我的生活,

亲爱的,我拿什么来祝福?

能让我不会愧对一年以后的你!

我只能用我的焦虑，我的无能，

我陈年的疼痛，拔掉的牙齿，

新愈的疤痕，嘴角的血迹，吞下的嘲笑，

破产的努力，远走高飞的友人，

早成往事的心愿，

望远镜中别人的甜蜜

来祝福你！亲爱的

愿你所有不幸，旁边都有另一个；

愿你看到，在黑夜里，万物颜色相同；

愿绝望成为你最坚实的希望；

亲爱的，愿你不再等待，愿你没有未来，

愿你在醉中醒，在泪水中微笑，

在苍老中开花，在不幸中幸福！

2017.12.31 法兰克福

失　眠

失眠并非完全睡不着觉。
有时候是，
梦见死去的爷爷再次病危，
闭着的眼睛底下强睁着另一双眼；
有时候是，
再也回不去的一个风和日丽的秋天，
你假装自己到达那里
但心痛让你难以入戏；
有时候是，
曾经抛弃你的恋人又回来了，
在即将拉住手的时候
永远地滑下去；
有时候是，
一次又一次地回到高考考场
去改那道根本不该错的数学题……
失眠是醒着的时候疲倦，
睡下的时候清醒。
失眠的时候读书，

才发现文字有九层含义，

而你烟一般疲软的意识

永远只在第一层盘旋。

失眠不是夜晚的专属，

白天也有。

当你在这里却想着那里，

抱着一个人却爱着另一个，

当你犹豫、猜忌、悔恨、走神……

当你坐在政府机关却想着自己本该是一个物理学家，

那么，你就是在失眠。

失眠就是，无法沉浸，无法忘却，无法彻底。

不生病的人不享受健康，

没哭过的人不懂得大笑，

不曾受过死亡威胁的人无法彻底地活……

睡眠是一次小小的死亡，

成全每天一次的新生。

失眠是悬搁、游移、浮沉，

是最严酷的徒刑。

但是，失眠的人也不是没有回报，

他在深夜打开窗子，看见流星雨；

清晨，他守望金星升起，木星高悬，

晾衣绳上，蜘蛛用嘴拽起自己，
沿着看不见的空中之路，
回到屋檐下白昼所不能伤害的永恒黑夜。

2012.9.15

遗　嘱

我想留给你

一滴被凝视的露珠

一地不被清扫的落叶

一阵把天空点亮的风

我想留一个动作

一种眼神

一抹不被察觉的微笑

我希望是你聚会结束时

向雨夜撑开的伞,

夜半惊醒

双手摸索的那本书,

我愿被一场透明的遗忘固定

就像一簇水晶,

我愿你用恨来纪念我

在暗房中显影,

我想让你继承我的疼痛

我的失败,我的酒,我的药,

我尚未开花的玫瑰,

我愿是你的教训

是你终生避免却不得不深陷的疯狂,

我遗赠给你我不曾拥有的一切:

丁香,火山,海浪的涌动……

我闭上我的眼像退出时关上一扇门

我将把钥匙留给你

你将和我一样富有

那多彩的贫穷

……

2016.11.19

第二辑　悲歌

俄耳甫斯致欧律狄刻

永别吧!爱人。

就让余生

活在彼此的死亡里。

既然幸福早已枯竭

就让痛苦也关闭。

不要出现,

如梦中亡灵,频频

惊起白日奔波虚构的安宁。

风暖春回,

万物向上发芽,

不要在无尽的悔恨中

向后爱我!

不要遥远地跟随,

不要无声地喊我名字,

不要以隧道般迂回的寂静

掘出我深埋的爱情!

当心跃出,脸开始发烫,

泪水汹涌我预感你在接近;

别让我转身的一刹,

张开的双臂里

抱住的却只是自己的孤影。

2010.3.16

写在你生日的诗

时间风干了盘中水果。

拥挤的亮窗

把寂静留给落雪街巷。

在暖气片虚构的春天里,肖邦夜曲

散播某种冰冷,松软,湿润晶体。

隔壁小夫妻的笑和对唱

大过电视剧夸张混响。

恍惚那是你

横坐我膝头。炽烈炉火

已煨成安静通红的炭。

所有过往日子

完好收藏在祖传木柜中。

未来停止吠叫,牧羊犬

顺从地伏在沙发下……

睁开眼,

却只剩一个孤零零的现在

漂荡在无常欲望之上。

节日鞭炮声

丈量着虚空的广袤,

转瞬即逝的礼花

照亮融化前薄薄一层幻想。

在暗空中旋转、凝结,

迷离的命运啊!谁料到

自由有一天会难以挣脱;

一个人的缺席

嵌入生活的深处!

2010.2.6

Indefinite[①]

有时候,
人陷于寂寞
身体和精神上的孤独一起醒来
就会产生爱情

移居偏远省份
落后的灰色城市,
一间简陋房间
爱情也会突如其来

繁华都市
地铁里人们贴得那么近
却又那么遥不可及
这时候,一个猝不及防的微笑
一句温存的"对不起"
也会让人回味不已

---

① 意为"不可定义的"。

在书店,你寻找

一本鲜有人读的书

却发现正被她(他)翻开

你有了莫名感动

有时候,它只在一念之间

有时候,它却是一种煎熬

羞涩,忍耐,疼痛,自卑,屈辱

比拥抱的狂喜更能养育顽强的爱情

与浪漫无关

它常常是最沉重的现实

是无边的猜测,

漫长的等待,

嫉妒,怨恨,渴望,

极度的权力和极度的软弱

爱情也不是幸福

而是对幸福的渴望与追忆

让你植物般向着两端疯长

它与"追求"无关

左脚从不追求右脚

真正的爱,不是对她说"我爱你",

而是对自己说,"我爱她"。

2010

雨　后

这场雨下完,你就会回来。
是的,云层突然亮起来,
从城市到远山,都沐浴均匀的白光。
就像一个人,笑啊笑
把整个时空点亮,散发独特味道,
也许是一丛薄荷,一个旧樟木衣柜
酒瓶和白糖瓷坛的味道。
喜鹊在梧桐上喳喳跳,
生活之门还会开向无尽的可能。
我相信,这场雨下完
你就会回来。因为
一切像极了你离开时的模样。

2015.7.17

早 晨

没想到,陌生小区门口
煎饼果子的味道
会让一个久违的早晨突然醒来。
三岔路口的环岛
保存着九十年代的形状,
仿佛往哪个方向,
都能通向那被日历谎称十年的
昨天。蓝色围裙
照样在街边理发,
骡子拉着平板车,嘚嘚蹄声
踏过雾气般的残梦。
生锈的铁栅栏,早餐摊小板凳
静静等候着一个习惯。
一切安然无恙,
脚步与汽笛向着工作日涌动。
并没有什么在世间老去,
除了你的渴望。

2015.6.26

阳 台

我想起你
但没有想起你的样子,
只是看见晴天下
一个突伸的阳台

白色阳台,比天空还亮
那里有一盆植物在南风中晃悠
所有光都倾向它
暖湿气流围绕它盘旋

云从山脊后升起
鸽群像光的碎片飞过蓝天
空气里有意大利的味道:
柠檬花向火山攀援
千家万户的衣裳沿着那不勒斯湾晾晒

向着你的方向

我看见了大海

那越喝越渴的广袤与深邃……

无法横渡的自由

我想起你

太阳就照彻群山和废墟，

田野，河床，水库，

冰雪融化，整个世界都在发芽

一个古城

停留在昏黄的时光中

喜鹊在老槐树上叫着

平地上有座孤山，山上有个庙

高楼上有个阳台

有风，有鸟，有墙缝里的杂草

早起的清冷，日落的迟缓

整夜旋动的星座

……

我一想起你

就看见了它们。

2015.2.26

小　路

音乐带来的氛围
随音乐消散。
你带来的生机
终止于你的缺席。

此刻，风景已经闭合，
树林幽深，笔直的阴影
投射黑色光芒
把虚无照亮。

无名小路，多像这日子
画出人迹罕至的曲线，
沉没在远方。

我一直在眺望，
是的，你就会出现
从那棵雪松背后，
天空和大地都会被再次点亮

我会再次拨响生锈的琴弦，

这蓄势待发的寂寞，

就会唱起歌

就会起风，就会下雨，

清水漫过芳草，

就会有布谷鸟啼破映山红。

刻满悲伤的岁月，

胜过多少无痛的空白。

春天不是季节，是心跳的强度；

衰老也不是终点，

有时候，某个人一走远，

衰老就四面涌来。

而我还在眺望，

你还会出现，

风暴还会突如其来，

生命还会涨破时间的厚土，

在命运的球面上，

痛苦、尖锐地发芽。

2014.6.17

致老友

在同一个城市。
坐公交,两个小时;
地铁,一个半小时;
打的走环线,三十分钟……
但你们再也没有走进
彼此的生活,
已经十年。

当初,你们几乎天天都在一起,
你弹吉他,他们就唱歌。
你的跳棋,飞镖盘,五块钱小音箱
是多少欢乐。
说走就走,
骑自行车去五十里外,河谷烧烤,
你们捣鼓破旧相机,
自己在暗房中
冲洗青春。

自编自导那么多误会，

暗恋，狂喜，怒骂，嘲笑和感动。

后来，你们相继来到这城市，

不约而同。

最初见过几面，

每次的间隔不断拉大。

不知从什么时候起

你们再没有走进彼此的生活。

谁成想，时间这扇门会永久地

为你们所关闭。

你们也会打电话说：

一起出来吃个饭吧。然后

你或者他或者她，嘿笑着说：

要加班，要开会，要赶活儿，要陪孩子，

呀，要做家务，要出差……

下次吧。

下次吧。

下次吧。

于是十年过去了。

我有时候怀疑。

在我们说下次的时候。

说的是不是，永远。

我们是否就像从南方移植到北方来的

植物，根系不再交错，

即便相望，也是陌生。

你我是两条交叉线。

在最热烈的交汇之后，

只能，在各自的方向上越走，越远。

倒不如平行，

永不相交，也不可惜。

此刻我，坐在出租车上。

雨后的夕阳那么红火，霞光那么灿烂，

它们一会儿就没了。

一会儿就没了。

他们说：今天是你离开这个城市前，最后一天。

我终于拨出电话。

是要给你惊喜，

还是想探测一下时间的底线,

看看它带走了多少,存留了多少?

还是,在轨道上逆行,

看两个熟悉的陌生人将如何交谈,

如何握手,如何凭着记忆,扮演当初的自己?

你我会如何愣住,如何释然,如何讪笑,

如何装作一切如旧,

"你还是老样子"

"你也是,一点都没变"

"……"

"……"

话筒里传出了声音:

"您所拨叫的用户已停机。"

2014.6.8

南京大学

紫藤花香穿透汽油味道,
曼妙身影路过我十年前的渴,
衰减的热情回到日益臃肿的年龄中,
多像一盏灯进入深夜。

运动场,海报栏,
网格状通明宿舍,
手牵手的一对对喜悦……
在暗中,我看这世界如电影。

法国梧桐夹路,隧道尽头,
走来另一个我,
隔着十年如防弹玻璃,
为避免模糊,须屏住呼吸。

丁香,荚蒾,樟树花,
白衬衫,黄裙子……
多么芬芳的轮回,在他们脸上

怒放看我的梦。

就连叹息也不再光顾我的胸膛。
仿佛我不曾是他们
拎着宵夜,唱着歌,勾搭着肩膀,
一如既往,

仿佛
只有我被"未来"哄骗着离开,
他们却守着这片岁月
从未衰老。

脚步声多么响亮,
回荡在潮湿多氧的黑暗中,
多希望他们不是朝着我
从茁壮的无知走向机智的虚弱,

多希望,
我松散多孔的意志中充斥的流逝
只是过失,偶然,
少数人的牢房。

隐身人,

你漫步在这初夏的热情中

终于不再涌动,

谁也没看见,听见你,

你坐着时光机浏览着十年前的自己。

他们是否却在羡慕你?

2014.4

雷峰塔下

酒楼里的灯火
照亮各种饱满的面孔,
我却被黑暗吸引
推开门,光线泻出

独自站在暗中
沿着茂盛的草,小径
走向一片荒废的夜空
无人问津的荡漾

我在人群之外,
即使坐在他们中央。
一种悲伤在
"奋斗"和"成绩"之外。

一条深深的悬崖在上坡路顶端
我看见另一个自己纵身一跃
欲回大地的结实。

肥沃雨水之上，
掩蔽着月亮。我看见
自己在另一个我之上
期待着轮回。

我的过去在未来之上
童年在成年之上，
前面
所有遗憾都转化为渴望。

我看见，
黑暗中那被荒废的安宁
在发芽，在开花，异香扑鼻。

2014.4

2015年12月31日

房间里的光突然陈旧,变软
窗外,只剩金箔般的余霞
浮在灰色雾霾之上
花园散落着残雪
一只麻雀单声叫着
远处的路灯突然一起醒来。
据说,这是一年中最后一天
平淡,冷寂,如同任何一天。

我睡了一觉又一觉,
把计划一拖再拖,
吃了个橘子,几块饼干,
发微信,在各种标题中猎奇。
偶尔看一眼窗外,
一个老人牵着一个小孩
在弯曲的路上走去
又走回。

打开网页,所有信息都在告诉我

这是一年中最后一天,

我却看见它沉没在雾霾中

在我的轻度头晕中

在各方面都未完成的状态中……

这样结束,就好像

根本没有什么在结束。

雨

雨落在多年前,
几片已不存在的橘叶上,
在我现在站立的地方
花香曾充满身体。

仰头绽开银亮碎屑,
许多湿润冰凉的"那时",
玉兰肥大,葡萄鲜亮,
画眉鸟倒啄石榴花
在如今这片空无一物的地方。

只要雨落下,一切就回来,
打开潮湿味道的百宝箱,
踏着树叶沙沙泻下,
凝结烟尘纷扰,渗透并夯实我;

你就从我体内跑出,
光着脚丫在泥泞

"呱嗒呱嗒"

跑向一双不曾死去的大手。

淹没道路,洗去脚印,
雨把生活收拢在屋檐下,
仿佛你从未离开这片阴影,
从未有那些得失哀乐
在千里之外、十年之间。

2013.2.28

五 月

这世上从未有人死去,
从来都是这么多人
在喝茶,亲吻,包扎伤口……
世间从未有一物叫"死者",
举目四望,只有欢笑,或者尘埃。
只要我活着,你就未曾死去,
你的余温
一再点亮我的双眼。
五月,所有植物都再次回来,
一模一样地发芽,开花,飘絮……
一模一样地,被叫做
陈子龙,李山,顺子……
我相信,你也已经回来,
你的姿势,你的声调,你的气息
此刻一定在世上某处,一定有人
笑得和你一模一样。
你一定如期而然来到过我面前
只是我

再也不能和你相认。

2017.5.4

重 逢

我没想到

雕像也会衰老,皱纹

会爬上大理石的维纳斯

我没想到

画上的仕女也会松手

她拈着的墨荷

掉在泥地里

我没想到

白云也会干枯

下完雨,她就

缩成一片薄薄的阴影

我没想到

你会彻底消失,当你

重现在我视野里

2017.4.21

无　题

冰凌凝结险坠之姿。

固态水飘在他三十岁的渴中，

摇曳破碎，不可饮用。

茫无一物，雪原之美哭笑那时光。

二十米枯树梢头，

有只灰雀伫立着朱耷的痴迷。

踏雪之声与咬牙切齿何其相似！

永不踏实，不安魂。

风衣深入雪原，船入海，

人耽溺于悔恨。那时刻，

生命对于你有抵消后的寂静，

有真实如谎言般伤心，

有最后安慰在这片无谁践踏过的绝望中。

2011.2.15

第三辑　与你

与 你

我愿竭尽生年,与你

收藏每片雨后初晴的蓝;

每场潮湿多雾的雪;

屋子里透窗而过的明亮上午。

哪怕众多"应该"不停抗议;

黑暗的欲望把我挟持;

生存的疑惑、惊恐与悔恨

陷我于疼痛的漩涡。

我依然会在清醒早晨

尚未睁开的眼中,看到

你所构成的记忆和期待把我充盈。

2011.12.12

给G

一夜沉睡后,车窗外,
街道、槐树、楼盘之上
思念大片大片醒来。
多酸软的甜,又是
多甜的酸软!如
露水、晨雾浸透刚刚展开的时间,
辽阔天空下,纵横几百里,
覆盖我,也覆盖你,
牵引,拉近,缠绕,升腾……
开成一朵永不凋落、伞状的花。
呵!我看见
花芯里全是金黄的蜜。

2010.6.11

照 耀

照耀我吧!
如蓝天照耀人迹罕至的丛林。
把你五月的鲜花
开在我微微举起的十指间!
我就是那已死和正在死去的,
千年前的雨化作我
正洒向千年以后。

照耀我吧!
如虚幻的未来照耀恍惚的现在。
在你和死亡之间编织诗句
捕食每一只慌乱、犹疑与挣扎,
然后安坐网中央。
当我抱住你,像抱住一连串自己;
逝去的岁月,放飞的鸽群
都翔集于你望我时的眼睛。

哦!照耀我。

如夜晚的星光照耀树梢：

孤寂都被迎接，

出走都是回去。

让我长出自己，向你绽放。

你是层层荡漾的波纹？是微粒？

是合成在我体内的明亮空虚？

照耀我吧！

屋顶的树苗，深夜的流云，

墙角嚯嚯作响的安宁……

若不是对你说起，

这世界又将在哪里？

2010.9.7

司马台,夜雨

高出万物,静静地,
疼痛在夜空云集,
一道光,泪水倾盆
浇注山岭、松林、遗址与村庄……
草木汁液、芬芳腾起。
每个褶皱里潜藏的种子
呼喊。蛙声四面搏动,
敞开干渴迎接坠落。
五月的风,她来了
强劲,暖湿,青嫩,
变幻着
缠裹一棵经冬的树
战栗,灵魂拧紧。
他的根深入肥沃,
他的身体放肆辽阔。

2010.5.8

少年之诗

1

来,爱人!

我渴望轻含你

一片颤抖的薄荷;

你声音如蜂,

让我嗅出后山盛放的蜜;

把你十指嘟嘟的红色浆果

抹到我脸和脖子上;

西瓜开裂,你唇间的清芬

渗入我干渴喉咙;

让蔷薇长成篱笆,

沾满花粉的刺编织私人院落;

你来,我的葡萄藤!

用你纤嫩的手攀附我雄性躯干

绽开潮湿纷繁的愿望,

结亮晶晶的圆和甜。

2

方桌与书,茶杯和铅笔,
白壁,花玻璃,下午的太阳……
都在你目光中闪亮;
薄荷,松脂,薰衣草精油,
新洗的衣裳,橘子汁,
都在你的芬芳中扑鼻;
红脸颊,深嘴角,扬起的睫毛,
内敛的下颌,摊开的双臂,
一件件展览你内心三万种笑意;
假期操场,冬天的湖,
乐章间休止,晚饭后散步,
深夜的街,霜降的黎明,
在听觉、视觉、味觉中
你种植下全面安宁。

3

爱人，如此均匀

你把月光抹在肌肤上；

你的眼神

收集五月所有晴朗；

昨晚，我痛饮你的呼吸

那小小酿酒厂，蛋糕房。

维持37摄氏度，

睡衣下你的温泉，

让我纵身其中。

五彩花瓣，

我贪恋你脸上各种无辜。

沿路撒满你的笑，

明年春天

它们会开遍整个花园。

4

酒醒,我坐躺在傍晚

沉入黑暗房间,想念你:

一朵白胖的茉莉

是心灵,也是肉体。

沁甜、球状的芳香扩充胸怀,

化作声频,从话筒渗入体内。

于是我四肢微颤,如晨雾中花瓣。

当我痴爱你,我多爱此刻的自己!

一个孤独的微笑,向空茫时日绽放;

一个饱满生命,仰泳在原始的海洋。

2010—2011

我 们

1

拉开一窗上午的阳光,
沏杯热茶,蒸汽从杯心漾起。
每人一个桌子,
我们坐在明亮的初冬,
读书、写字,
偶尔转头对视,把彼此看笑了。
更多时候,浸在阅读和思索中,
屋子里只有笔在纸上的沙沙声、键盘敲击声,
有时候一切停下,既不看也不听,
甚至也不想起你,自失在想象的迷宫,
即使如此,意识周围依然充满空气,
借此我感知着你的温度、气味、情绪……
万物井然有序,
时间从容流淌,没有"从前""往后",
也没有"外面"和"远方"。

2

仲秋的午后,一个人都不见,
落叶仿佛从空气中凝聚,
扬扬洒洒,却毫不减损花园的葱翠。
树影清晰、斑斓地投印在地面,
光线充足,令枝叶所交织、分割出的空间
显得通透、响亮、层次分明。

你我坐在老槐树底下,
东方的天空湛蓝得像一片渴望已久的心情,
长条、棉絮状、半透明的白云自西向东缓缓流动,
把天空悬得高远、清明、空阔。
空气被充沛的阳光晒热,膨胀,
散发着微含尘土味道的暖意,和草木的青涩。

一刹那,透过呼吸,夏天仿佛又折了回来,
变得更加温和、苍老,仿佛离别了二十年之久。
清旷蓝天之下,我看见山野间的劳动、

孩子漫无目的的奔跑、湖水清甜的光、

永远只在天边闪耀的"对岸""将来"……

我看见自以为永逝的童年、少年

在这同一个晴空下，

在隔山隔水的远处，

与我们共享这明亮、丰沛的时光。

3

现在已是冬天，

我们还保持着花园的散步，

谢尽繁华的时日

依然向我们打开层层惊喜。

枫叶分明的五角，梧桐叶阔大的灰黄手掌，

槐树叶满地铺洒的椭圆细碎……

我们捡回这些生命定格的形状：

叶子越落越少，被护园人收拾干净，

树干和枝丫解放出自己的线条，

显出精纯形状,

我们看见从寒冷地带飞来的鸟。

2011

空 亭

和溪水一起,游人哗哗地

从空亭两侧流走,奔向谷底

贮满传说与颂词的深潭。

我们被寂静拽住衣摆,

截留下来。再无行人,

林中石阶在错综的新绿中凿出隧道,

斜阳把墨竹图画进亭中。

逆着光,棕榈,蕨菜,竹叶,

都熔化成半透明的金箔。

两只画眉落在栏杆上,

机警地扭头。

面谷一侧,弯垂的毛竹

让出一脉远山,

金光点亮最近那个山头

乳白云气从它额头飘散。

忽然,静下来的鸟鸣把我们惊醒,

周围的光已经熄灭,阴影之雨四面飘来

把我们打湿成翠绿。

2017.4.10

角　落

1

我们到时园门已关，

只剩一湾清澈

紧抱着一园想象。

黑瓦白墙外，走廊临水悬空；

半个亭子，突伸于水面；

爬满藤蔓和青苔的大树

把茂盛香气伸出院墙。

锁不住的凉爽

正向这偏僻街巷溢出。

一个人也不见，

黄昏正兀自荡漾着青光。

突然，哗啦一声，古树枝杈晃动，

抖落簌簌叶片。

一对宽阔的翅膀

从寂静中脱落,

冉冉飞向远方

2017.4.9

2

在熙熙攘攘的名刹旁,

我们找到上山的路,

本想沿溪水闲逛,

却被一股香烛气味牵引。

飞檐伸出竹林,黄色墙壁隐现。

在逼仄山腰,回廊只能

跨过山涧,没有奇花异木,

缘山坡生长的水杉,茶园和竹林,

是它的天然花园。

回廊下,流水声宛如千古,

细听,却发现从未重复。

两侧林梢上,另一种泉声

在起伏,跳跃,对答,

不停变换节奏与韵律,却从未止息。

一只松鼠跳上水杉,

啄木鸟的咚咚战鼓

试图撬开这蔚秀的空寂。

依然没有人来。

光线不断暗下去,

钟声突然响起。

2017.4.8

3

这是个街边绿地,

车流、行人匆匆来往,

没人关注那一丛杂树。

忽然,三月底的一天,

像点了一盏灯,一树白亮的

粉色花簇,俯向旁边的流水,

映着蓝天,铺展一张透明的

粉色斑点密布的轻纱。

风来的时候,像一群惊鸟

猛地跳离枝头,纵身蓝天,

速度渐缓,最后停止奔腾,

回旋,飘落,显现空气的形状。

草地上,落瓣那么均匀,仿佛

小心翼翼,不给彼此带来遮蔽。

这无重量之物,随时准备再次起飞,

哪怕远随流水。

一周后,重回泯然众人的绿。

名园游人如织,谁相信

这里竟也有樱花一树。

2017.4.7

第四辑 列传

响水坝的人

1. Jiǎn Mǎi

没法用普通话翻译你的名字,

你只是一种方言发音,

听起来像

结实的树根,倔犟的牛,

坦荡的土路。

你的日子浸透了劣质酒,

呼吸中永远有粮食发酵味道。

上房,下地,挑担,杀猪……

不问工钱,

哪里有酒,哪里就有你。

每年总有几个月,

你也去打工,但从不超过一年。

你说:哪都不如自家门板睡得舒服。

就这样,你成了村中老小

不定期的节日,

带给他们各地搜集的廉价惊喜。

堂客跟人跑掉后,
你更不留钱,挨家打牌,
以输的名义分赠微薄积蓄。
自信没人偷你祖上继承的贫穷,
你大门从不上锁。久而久之,
你家堂屋成为村里一条便道。
却极少有人进厢房看一眼。
这样,过了好几天,
人们才发现四十三岁上
暴死的你。

2. 刘贵龙

因为是外姓,
逃难到村里,
被庞大家族挤压到
破土地庙。
从小被骂作矮子,当马骑,
后来长到村里最高。
争菜园,争田,争堂客……

长年争斗磨锐了他的目光

和嗓音,逼他

种出最多稻谷瓜果,

生出最多儿子。如今

终于盖起第三栋小楼

抱第八个孙子。

儿子们却和别人一样

在岳阳、长沙、广州定居。

岁月清空了大半个村子,

清空了他的对手,他的仇。

不知何时起,

他眼中的刀子开始生锈,

弯曲,失去光泽,

多年故意挺直的脊梁

也终于永久地驼了下来。

3. 馊包子

没人提过他的本名。

据说他,除了满三朝,

再没洗过澡。

"馊杂种""馊砣里""馊子"

到"老馊",

描述着他的大半生。

但逢队上签字的时候,

总是"馊包子"。

他来了,

女人都皱眉头,捏鼻子躲远;

男人则打个哈哈,老调重弹:

"老馊,你到底洗过三朝没有啊?"

谁不小心把东西掉粪缸里,

就叫老馊来捞;

清理猪栏、牛栏也叫他。

很多人家都偷偷为他准备了

单独的茶碗,

筛茶时,装作随手端给他。

他有点疯癫,打麻将时

会突然把牌全推倒,

哈哈大笑出门去。

有老人说:

解放前馊包子在武汉混过,

带兵骑马回过家；

解放后突然就疯了，

臭了，活到现在。

4.小四老爷

杀猪，烤酒，开铺子，

他走到哪，哪就有猪腥味；

连铺子里卖的炒货，香烟，日杂

也都是猪腥味。妈呀！

有次去他家吃茶，看到

半边猪扔在床前地上。

早在打工还没兴起的时候，

他是村里唯一的生意人：

从杀猪，卖肉，贩猪，到买卖皮革。

却抽最便宜的"常德"烟，

睡杂货房，吃猪下水，

他的两个儿子都很瘦。

有人说：听见过他深夜起来

挖洞埋钱。不清楚。

清楚的是他暴出的眼珠,
突兀的颧骨,手背上青筋。
只有一件传闻被证实:
他给读高中的儿子喝咖啡。
有一天,他杀猪给全村人吃,
亮出大儿子的大学通知书,
全村头一个。
第二个是他二儿子。

5.孙有

整天梳油头,穿西装,
面色白净,像
传说中的"绅士""老外",
却经常接受别人
往西装外兜里塞一把红枣,
两个鸡蛋。
他是村小学民办老师杨孙有,
地主成分,读过老书,
上过国民党的学堂,

挨过打，戴过高帽了，
住在茅屋顶下面，
却写一手好毛笔字，
会做诗，帮别人写对子，
唱着听不懂的老戏
从门前摇头晃脑走过。

6.伟大

名"伟"，排行老大，
都喊他"伟大"。
当年全县总共去了一百零八个
到西北当兵，两年后
他本可以提干，但他说
"一百单八将，有福同享"，
就同大家退伍了。
替老父亲作了一年田。
第二年，战友喊去做生意，
三个月，挣了十万。
把队上所有小孩叫到小卖部，

让随便挑喜欢的；

两万块拍到同年哥们桌上，

要他带老娘去治病。

平时不好酒，但遇红白喜事聚在一起，

喝多后站起来，手叉腰，

当面骂大队干部"吃冤枉"。

出去混，每次都带回一些成就，

包括女人，甚至一个儿子，

长得跟他极像。

四十岁的他一下子变得温柔，

没事就抱着孩子在各家转。

有时去镇上，买块发糕塞大衣里头

温温地，带回来给宝吃。

奶粉、衣服这些都给买贵的，

别的不再乱花钱，说给宝攒着。

孩子四岁的时候，

冬天，他在广东做工，

孩子娘跟家里人说进城打年货，

揣着他的积蓄，抱孩子坐车走了，

再没回来。

接到电话他赶飞机回来，

找了两个月没找着。
村里都说那女的不老实，
混过窑子，在外面有人。
后来，他见到小孩就会流眼泪，
喊着"宝啊……"上去抱。
慢慢地，小孩都躲着他。
他再没出去闯，人也黑瘦了。

7.水生

老子四十七岁才当爸爸，
怎么啦！命不好？
告诉你，我是水里捞出来的命，
很健，很活泛。
都说玉大娭毑命好，
十六岁做娘，
三十四岁做外婆，
但她一世在厨房里转，
没歇过气……
命好个啥啊好！

今年我六十,

小东西还养不了我,

我也不要他养啊!

去年我搞基建还挣了五万,

株洲,武汉,深圳都去过,

也算看过世界了。

都说养儿防老,我看是催老!

你讲:我们村几个得了儿女好处的?

不给爷娘添麻烦就了不得了!

铁铺里的老熊不就是让儿子气死的?

吸毒!……

不是说当爹没好处,

有个小东西在周围跑来跑去蛮有味道,

但也是个祸害——

小畜生!别抢你爹酒杯……要你的命!

——莫看我爱喝酒,心里清楚得很。

打堂客?那不叫打,教育!

女人不教怎么行?

你看我堂客很规矩,从不乱来。

教出来的!

跑?我都打过四十年单身,

还怕她跑？更何况，

我这个堂客你不晓得几多好：

我吃醉了，多远她都来背我回去。

跟你讲，堂客就要找体恤你的，

不然啊……还不如打单身。

你看陈家强子

二十岁就娶了个能上画的，

天天外头瞎搞，

他摔断腿的时候她还打麻将，

找这种堂客有屁用！

来，再搞一杯……

没事！倒满……倒满……

2011.12.15

动物列传

1

每到六月炎天,
紫色荆条花开满池塘岸沿,
突然就能发现"金甲甲",
仿佛是浓烈花香凝结而成,
烈日下,耀动水面上的油
那捉摸不定的五彩。
偶尔,分开背甲,
露出轻薄透亮的翅膀,
扑动两下,突然嗡的一声,
一阵令人目眩的小旋风
缓缓升起在半空,疾驰而去。
更多时候,它死死抱住花枝,
被我捕获,像一小块金子,
在手心里传导珍贵物质的喜悦。
一条小棉线,拴住大腿根,
它就成了我的宠物,不断升空

又停憩在肩头的"草原雄鹰",

替我捕获风、花香和羡慕的眼光。

有时,绳子突然从空中坠落,

线头只剩一条毛刺腿,

那是它为自由付出的代价。

不到秋天,它们就集体消失,

从未见过一具尸体,

仿佛是空气的儿子,五彩阳光的精灵,

不占据任何面积。

2017.4.4

2

白天从不曾感觉它们存在。

太阳下山不久,就从屋檐下,

吞吐出一些黑色电流,

在地坪上空交错,闪烁,

令人眩晕。十只?二十只?……

数不清,带翅膀的阴影,

伪装的鸟，难以启齿的梦

从不可见的地方翻腾而至。

如此迅疾，复杂的航路，从不曾撞车，

也不曾触碰到任何事物，

像毫无体积与重量。

我曾在白天，偏僻的柴房门后，

摘到一只。那么绵软，

仿佛稍一用力，就会像空气逸出；

扔到阳光下的地坪，

颤抖着脑袋，发出吱吱声，

并不能飞走，艰难地用肉翅膀挪动……

正午的温暖已把它冻僵。

突然，窜出一只黑猫，叼走了它，

追过去，早已不见。

一阵惶恐攫住我。

2017.4

废物列传

1. 挂历

推开老房子的门,

迎面一股霉味,

西厢房依然挂着1998年的挂历,

停留在10月,

是一张"猛虎下山"图,空白处,

蓝色笔迹记着几个单位电话,

不知还能否打通;掀起来

7月那页写了个欠条,

不知有没有还清;

5月有几个待办事项,

似乎还在等着去办;

还有三个几乎忘掉的人名……

页面泛黄,

局部有褐色霉斑,微微卷曲,

很安静,安静得

似乎1998年10月还在这里

等我们回来。

2017.4.16

2.收音机

不知什么时候,
它再也收不到台,
没有了新闻、说书、午夜心灵……
外界的一切秘密
沉没在这个黑盒子体内。
扭开,只发出"吉乌吉乌"的声音,
像某种邪恶的间谍密码,外星信号。
他们说,可能受潮,元件坏了,
就扔着。黑色砖头一样的"梅花牌"
用处反而更多了:
爷爷用它压字条,收据;
晚上,为了抬高光亮
把蜡烛点在上面,经常结一层痂;
刻度和指针还很清晰,

不时用来比划尺寸……
而我，还是喜欢在夜深人静的时候，
装上电池，扭开，
听那不规则的"吉乌吉乌"声，
就像打开了一条时空隧道，
幻想着有一天，能破译
这来自宇宙深处的消息。

2017.4.16

3.洗衣机

研究了两年，
二姨家终于买了台单桶洗衣机，
180块！那时月工资33。
通身金属，包括三个旋钮，
外壳通红，锃亮的
电视里经常播放的"威力牌"！
买来那几天，像过节，
每天都有人参观，赞叹。

二姨每天擦一遍,纤尘不染,

里面堆干净衣裳吸潮。

几个月后,

揭开遮盖它的那块红绸,

依然光亮如新。

别人说她:跟照顾儿子一样。

劝她用,总是说:

再等等,这么贵的东西,别用坏了。

继续端大盆到水房洗衣。

三年后,家里终于决定启用这个宝贝,

发现根本不转。请来维修师傅,

拆开,原来电机生锈,

师傅说这是放坏的,

换的话,需要150。

想想不值得,二姨继续天天擦,

往里面堆干净衣裳,

看上去,依然光亮如新。

2017.4.15

4.棉袄

父亲有件破棉袄,
都说是灰色,
但我总觉得是黑色,
上面有各种形状质地的补丁,
我甚至,从上面找到过
一条袜子的轮回转世。
扣子都坏了,
得用一根绳系在半腰。
这是件神奇的衣服,
穿上它,胆子就壮,
可以喷农药,睡瓜棚,
爬上枝杈修剪,放开手脚,
软乎,保暖,不怕摔
从不担心被腐蚀,划破,
更别提弄脏——
没有什么会比它更脏。
终于有一天,它从衣服界退休了,
化身为两片,一片

在水龙头旁用来擦套鞋,

另一片,用来塞住猫眼洞。

5.锁匙

爷爷的五屉柜,最下面,

一拉开,就散发铁锈味,

里面睡着铁钉、螺丝、锤子、大小扳手……

还有一把挂锁,一片钥匙。

锁沉甸甸的,已经锁上,

弯把上结着黑锈;

钥匙铜黄色,凸印着"江山"两字。

可是,这把钥匙并不能打开这把锁,

连插都插不进。

给锁上了油,把家里的钥匙都试遍,

也打不开;

不知多少次,我揣着钥匙,

在柜子、门、自行车上尝试,都没用。

就一次,在阁楼的一个旧木箱上,

我差点看到了希望。

最终，它们还是静静躺在抽屉，

有时候拿工具，又看到它们，

似乎各自还在期待着什么，

彼此挨着，却那么遥远。

2017.4.12

6.藤椅

竹林旁有块废地，

煤渣，瓦片，断砖都扔在这里，

还有一把破藤椅，

只有三条腿，靠着一根竹子，

靠背和坐垫的藤编都破成空洞，

但保持着"可以坐"的形状。

夏天，各种藤蔓重新把它编织起来，

编成一把长满绿叶的宝座。

偶尔，白头翁，杨雀，黄鹂鸟

会落下来，坐在椅背上。

有时候，一只猫蹲在上面，

装成百兽之王,却

只有一片杂草随风向它鞠躬。

更多时候,它空着自己,

总像是在等谁

把自己的重量托付给它

——虽然,它早已不堪重负。

2017.4.11

植物列传

1. 白刺玫

在山路拐弯处,一块被遗弃的砂石地上,

疯长,蔓延,搭建起密闭的城堡,

覆满层层叠叠的锯齿边叶子,

不仅枝蔓,连叶片上都有刺,

没人能够进去一探究竟,

只是经常听见鸟雀的喧闹,

冷不丁吐出一群麻雀,一只黄莺,

一条蜥蜴嗖地横穿土路……

等到叶片稀疏的冬天,

你才看清里面玲珑的空间,

错综复杂的迷宫,庇护着鸟窝,蜂巢,蛛网……

还有一个年代久远的石头神龛。

春天,万物发芽,这个独立王国又慢慢闭合,

沉入它幽暗的欢乐与神秘中。

随后,就在五月的某个早晨,

山路上吹来一阵甜丝丝的粉末状浓香,

蜜蜂嗡嗡作响,转弯处一片白亮——

那个被遗忘的幽暗世界

向我们开出了无数黄蕊白花。

2017.3.24

2. 苔藓

只要有足够雨水

石头和砖块也会发芽,

长出一层绿油油的毛,

不再坚硬冰冷。

大地上最后一点裸露被占领。

踩上去,软绵绵的,

比水更滑溜,稍不留神,

就狠狠摔出去,爬起来时

半个人被染成绿色。

摊开脏手掌,霉味混合着青涩,

弄不清是生长还是腐朽的味道。

一旦晴几天,它们又向两侧退去,

露出青褐色棱角。

但总有一些地方：井沿、墙根、树脚……

它们蹲守着，一旦听到雨水的号令

就冲出去收复春天最后的失地。

2017.3.25

3.桂花树

再没见过那么高大的桂花树

与我们三层楼高的生活并肩而立，

人们都说，有"桂"就有"富贵"。

八月，浓郁的蜜香，是嗅觉的灯塔，

即使深夜，我们也知道家的远近。

它其实是两棵树长成了一体，

一半开金花，一半开银花，

每次走过，就会有花落在头上，

我和艳子打赌，

猜下一颗是金的还是银的。

人们把床单铺到地上，用竹竿打落，

还有人爬到高处去摇,用盐腌起来。
"海南"医生给我们做糯米桂花糕;
艳子妈妈给我们煎桂花茶;
茶厂车间热腾腾的茶叶烘焙香飘到地坪里来。
多年后我回去,国营茶厂倒闭了,听人说:
"海南"医生病死了,艳子爸打工时摔断腿,
艳子远嫁到了怀化,而那棵"双桂"
早被人刨了卖钱。

2017.3.26

4. 苦楝

没见过任何人用它,更没人种它,
它就像风的孩子,不避高下,
随机歪在池塘边,山岗上,杂树林里。
瘦削拧巴的树干,半路就分叉,
撒开羽状对生叶片。
很奇怪,我从未留意过它的花,
但总能看到它的果子,像一串串黄绿小枣

鸟和虫子都不来吃，

直到树叶落光了，它们还挂着

有的甚至能熬到明年，

和新果子一起挂在树上。

地上也撒落着这些"假枣"，

我忍不住尝过一口，

苦涩的滋味让人恶心。

就这样，年复一年，它做着

自己跟自己的游戏。

当别的树都被陆续砍掉卖钱，

它还孤零零站在原地，

竟成为回家路上仅剩的荫凉。

2017.3.27

5.草紫

对大人来说，它是

可以种植的肥料，猪食，

等长满就翻耕到烂泥底下的春之祭品，

严肃的一年真正开始前那个"尚未"。

但对一个孩子,它首先是

水珠在空中爆裂的味道;

南风初次刮起的气息;

在雾中游弋,随时偷袭你的新酒香;

躲在春雨背后,若隐若现的羞涩。

尚且荒凉的田野上

一望无际的紫色星空

悬浮于一片蓬勃的新绿。

肥沃的肮脏养育纯净的肥沃,

是被流放到粮食与蔬菜根部的稀世之美。

我曾一次次游荡在田埂上,

在这异香扑鼻的肥料和猪食之间。

如今我才明白,我从未走出

那被视为"空田"的百亩紫花,

在银河系旋臂上一只蜜蜂的绒毛里

采集那低微而慷慨的芳香。

2017.3.27

6. 毛栗

阳光是偏爱乔木的,但它们总有尽头,
就在那边缘地带,阴影与光亮交错
繁殖着"低贱"的物种:蕨类,矮竹,还有
统统被称作"刺丛"的混乱织体
就着雨水,饱餐着沙土,红壤,白垩……
但我认得你,
铠甲鳞片般坚韧的墨绿色蜡质叶片,锯齿边
切割出凌厉的秋天,
直到这时,我们才想起你的存在,
仿佛你从不发芽开化,
突然就托出一群群黄熟的小刺猬。
用剪刀,火钳,竹叉,手套,
我们收缴你的暗器,扔进化肥袋。
心中惧怕,惊喜,吞着口水
肚里充满期待。
每次我都逃不过你的暗算,
踩空跌进你的天罗地网,想要更多,
而被诱入绝境。但

饱餐美味的信心，

把尖刺狠扎的疼痛都变成非凡的乐趣。

一麻袋喜悦，剥出一大碗甘甜。

一次又一次的掠夺

从未影响你拓展疆土，水一样

渗进大地的空隙，

你这刺中的刺，荒芜上的荒芜，

包裹在层层拒绝中的深沉邀请。

因为你，我们一整天不带干粮，

也走了很远。

2017.3.28

7.野葛

一截神奇的"树根"，

谁拥有它，谁就能昂首阔步

穿过整个三年级。

我们跟在后头，讨一丝一缕

或一小块皮，嚼啊嚼，

草药气味,粉木的细腻,
苦中之甜比甜更甜。
很久后,我才知道
学校外坟地上遍布的藤蔓
就是它们向空气伸出的手掌;
我曾看到一座废弃的牛栏房
被它完全吞没,还看到它
螺旋于一棵被缠死的水杉,化装成乔木。
但我从不曾挖到一根,他们说
只是挖得不够深。削一块"根"
插一根藤,它们就能疯长,深入,
父亲把屋角一大丛刨了个底朝天,
他说:留着只是祸害,
它会掀你的瓦,掏你的墙。
可是第二年,那片地上又发出了苗。
"你看吧,祸害,别想除净。"
可我依然贪恋
那苦中的甘甜滋味,
像一切欲罢不能之物……

2017.3.30

小东西

1

一听见"嚯嚯"的金属尖啸
我们就拔腿往操场跑,
体育老师嘴里叼着的小魔盒
用各种节奏
吹我们立正、稍息、转身、齐步走。
终于,七岁生日那天,我也拥有了
蜗牛形状的铁哨子,银光闪闪,
里面囚禁着一颗永不出来的铁珠,
一吹,它就剧烈撞击那牢笼。
我把它挂在胸前,边走边对世界发号施令:
对着茶园吹,它们就排得整整齐齐,
对着芦苇吹,它们就朝一边倒去,
对着野鸭子吹,它们就乖乖地起飞
……
有一天,我去野地里玩,
掉进一个长满草的深坑,

猛吹胸前的哨子，才终于被人救起。

后来，那"铁蜗牛"不知去向，

父亲就在我胸口挂了一支钢笔。

2

爷爷有一把奇怪的剪子

一半剪刀是半月形，另一半却是月牙形，

刀轴上散发铁锈和机油味道，

它们奋力分开彼此，你必须用力，

才能把它们合在一起。

四月，门前橘树蓬勃地抽条，

爷爷却用这把剪子，把新枝纷纷剪掉，

发出"啪嗒啪嗒"的脆响。

他说这叫"抹梢"，

"这样才能集中养分，开好花，结好果"。

他又用剪子在我头上比划，

"等你长大了，爷爷也给你抹梢"。

吓得我一缩头，远远地跑了。

3

起初它挂在宏叔家柜门钥匙下
比一般铜钱大两三倍,
被磨得精光,仿佛一枚大金币,
上面写着"咸丰重宝"。
他们说可以镇灾,佑福,
宏叔四十岁病死前,
把这枚宝贝送给了垂涎已久的我。
在地坪里轻轻一弹
它就呼呼转起来,我们借此来打赌。
我喜欢用绳挂起,敲击,听它唱歌,
用小石子瞄准钱眼,看谁能投进去。
有时候,望着它
就望见宏叔家那间阴暗的老厢房,
陈年霉味,凹凸不平的泥地板,
屋角的巨大蛛网,
想起它曾庇护的神秘柜门里
其实只有几件破旧衣裳。
后来那枚钱被我带到县城,

一次失手,滚进了下水道。

4

妈妈把两个竹叉立在两端
上面横一根竹竿,
将拧成麻花的床单一抖,
它就披在那里,
蓝白相间的格子布,映着蓝天
透着光,随风轻轻鼓荡,扬起
家,安眠,温暖的梦……
夜晚,我就是它的凹陷中央
四周的世界被我轻轻牵动
趴在它蓬勃的太阳味道上,
感到曾在它体内充盈的光芒
正充满我的身体。
有一次春游,
它变成了一个包袱,
里面有一瓶水,五个包子,三个橘子。
然后,在群山之间的草地上,

摊开成我熟悉的床,

我一躺下,就进入爸妈轻轻哼唱的梦。

5

这不是块普通橡皮

这是块香水橡皮,一个孩子

一生中也许只能拥有一块。

它那甜美的香味,真想一口吞下。

但只能舔一舔,好让它摩擦更大。

我从不舍得把缠裹它的塑料撕掉,

于是带着刮擦声,搓出细条泥,

把错误消除——瞧,一切还可以重来。

这种神秘的撤销力量,像后悔药,时光机,

让人着迷,所以有时,它会借助我的手

邪恶地把同桌的作业整篇擦掉,

或者,把纸擦出一个个窟窿。

后来,这个靠吃错别字为生的家伙,

也被错别字联合起来,慢慢干掉了。

6

他们管它叫洋锄头,

比大锄头小一半,

丁字头,一侧宽,一侧尖,

尖的可以挖,宽的可以刨。

正好适合我,

扛着它,东挖一个坑,西刨一块土,

让坚实的大地给我开门,

派出它的特种部队:

黑天牛、蚯蚓、百足虫……

交出它的粮食:野天麻,葛根,甜草……

尖头挖,宽头刨。后来,

我打算认真开一次荒,

把一片杂草变成一米见方的松土,

埋上玉米粒,果真就发出一片小苗来。

但大人说,那苗并不是玉米。

嘿,那就继续,宽头刨,尖头挖,

只要愿意,

总能在不起眼的地方发现奇迹。

7

两片黑花瓣,

中间各嵌一块鼓鼓的圆玻璃,

一大一小,合拢在镂空的白铁盒里,

是个巧玩意儿!靠近什么,

什么就变得巨大无比,

还能分离组合出三种倍数。

透过它,我发现:

光滑的橘叶上其实密布着锈皮虱,

蜜蜂脖子上竟然长着那么多毛,

一块安静的泥土上,蠕动着各种虫子……

我用它研究过蚊子精密的战斗机结构,

在大晴天,成功把一只蚂蚁烧成黑点——

"嘿!放大镜比太阳更厉害。"

8

这是块旧手表,

玻璃刮花了,背壳油光,

表盘上只有十二道小杠，

但每次都能看成十二个数字，

中间的"上海"，连同沉甸甸的手感

带给人高级的遐想，

一攥，就感到时间的重量。

它经常令人困惑，当指着三点

收音机却说四点——但没关系，

它会老实告诉我"玩半小时"是多久。

更多时候，它都躺在抽屉，

因为太阳，空中气氛，路上往来人数

更有效地指挥着我们作息。

只在深夜，一切黑下来，静下来，

它的灵魂才显现：

一圈幽幽的蓝光，环绕着两道斜杠。

秒针不见了，它跳到

我耳朵里，清晰持久的"嚓嚓"声

充满这看不见的空间。

我就贪婪地听着这金属质感的均匀，

不知不觉沉入睡眠。

2017.03.20

九种死亡

1

没想到,温顺就是绝望
它趴在习惯位置,
只有眼睛还在看我,
曾经剧烈摆动的尾巴只是微微颤了一下,
光滑的皮毛像穿在身上,不再响应
那日益消瘦的灵魂,
仿佛只要你轻轻剥开,
干枯的豆子就会自动脱落。
是的,第二天我们在山脚树下找到了它的躯壳,
就地刨坑埋了。
篱笆外传来它的尖叫——
那是邻居送狗崽来了,
对,就是它,
声音一模一样,
那毛色,那热情,那突如其来的疾病……
都会和它一模一样

2

父亲一个人卸下整卡车茶枯,

上完了函授的橘树种植专科。

五月花香熏遍三道山岭,

我们的美国脐橙不但落果了,

还特别甜。

忙时整个山谷有上百人在干活。

那年冬天特别美,大雪三天三夜不停,

整个世界低下去,成一幅南宋山水,

蛇一样的冰凌缠绕在橘树上,

每片叶子上都能揭下一层冰。

但来年春天,树再没醒来,

树叶在春天的枝头腐烂,你可曾见过?

再后来,推土机来了,

唯一未被埋葬的,是满山散不去的橘木尸骨香。

父亲那年得了一场大病。

好在他缓过来了。我们打好包裹

回到了三年前。

3

新剪的灯芯，灌满的油，擦亮的玻璃罩
让暖黄光芒中透着一股白亮。
我开始看《三国演义》。
不断有虫子扑过来，
比纱窗眼还细的草虫
一头扑进火烫的灯罩；
蛾子也闯进来
绕着梨形灯罩打转，
终于找到入口，撞进去，
玻璃发出嗡的一声，
火焰闪亮了一下，
飘来一股焦糊臭。
更多的，不知怎么回事
直接跌落在周围桌面上，
仰倒，蜷缩着，
有的还在划动翅膀和脚杆，
偶尔一跃而起，
又狠狠砸在桌上。

第二天早晨,妈妈把它们扫到簸箕里
就像打扫桌子上的灰尘。

4

没隔多久,哀乐声又在村庄上空嘶哑响起,
大家从四面赶来,在路上结伴,打招呼,
掩饰不住脸上的兴奋,像奔赴某个节日。
行军锅灶把清冷角落变成热气腾腾的中央,
潮湿空气中充满残酒与猪油味道,
孝子贤孙哭声中带着唱腔,
被按倒的猪发出凄厉的嚎叫,
突然挣脱,带着血逃窜,被一群人追,
戏班子在临时舞台上唱一些庸俗段子
引起阵阵哄堂大笑,
平时销声匿迹的人物:拐腿张,馊包子,三哈巴
齐齐到场,成为搞笑的活宝,
人们管这叫"白喜事"。

5

陈子峰比我们高出一个脑壳
他会打篮球,赛跑谁也没他快,
尤其是,他擅长游泳,一个猛子
可以扎几十米。
但那年夏天,老师说子峰淹死了。
五年级的我,并不知道死是什么,
听起来就像一种特殊技能。
只记得天空是炎热而苍白的,
风吹来蓬勃的潮腥味道,
我们列队走到河边,折下鲜花投到水里,
堤岸上的草好绿,好柔软,
波光粼粼泛着诱惑,
我们情不自禁唱起了歌。

6

太阳还没升起。

那头猪不肯往外走,

他们揪耳朵,掰腿,往笼子外面拽,

撕心裂肺的叫声响彻整个村庄,

二十年后还能听见。

捆上前后腿,往大门板上一扔,仰面朝天,

小四老倌按住脖子下方,尖刀直捅下去,

侧拉过身子,血就冲着装凉水的大盆喷涌,

猪鼻子鼓出鲜红泡沫,

最后有气体喷出,那声音像是在叹息。

割开脚皮,一根管子插进去,

猪被吹成白气球,

开水浇上去,利索地刮毛,开膛:

猪肝,心肺,肠子,猪肚……

"好新鲜啊!"人们纷纷赞叹。

然后开始剁肉,猪手,猪脚……

各人用草绳拎着自己的早餐或午餐,

踩过满地流淌的血迹,

欢天喜地回家去。

太阳升起来了。

7

陈博死了。

对,就是那个胆小怕事,

绰号叫"姑娘"的男生,

习惯去宿舍二楼前的露台弹吉他。

那天露台维修,

一块十年没动的搁板被撬开了,

他从那里踩翻,头朝下

直接掉在一楼花坛,当时就没命了,

但吉他完好无损。

记得他特别怕死,

住在大堤上却从不去河边,

不抽烟,不喝酒,不放炮仗,

有一次骑摩托去外婆家,回来时下雨,

就推着车走那五公里。

"他那么怕死,怎么会死呢?"

他妈妈总是这样跟我们哭诉。

8

草丛发出汁液蒸腾的青涩气味,
比食指还粗长的大蚱蜢,
被我从后面捧住。
捏紧翅膀,掰下粗壮的后腿,
像是掰下一根树枝,
并不流血,只是散发一股青草气息,
剩下的四条前腿在空中缓缓划动。
此时,我多么高兴,
轻轻一捏大腿,小腿就猛地翘起,
带锯齿的"之"形腿,
是孩子们最喜欢的瑞士军刀。
现在,我有了两把,可以炫耀,
可以择机送人。
我把那剩余的虫子扔到路边。
它扑腾着翅膀,却飞不起来。
一台拖拉机开过来,把它压扁了。
而我,揣着两把"军刀",
兴奋地向山坡上跑去。

9

第一次这么近看到它
——生活在身边却势不两立的神秘存在。
脖子是蓝色的,
壮硕的棕红色身体散布白色斑点,
尾羽长长翘起,红白相间,一纹一纹地
螺旋着耀眼的光。
虽然被关在竹笼里,
它依然昂着头,瞪着眼,转圈找出路,
不时拔地飞起,顶得笼子直哆嗦。
它什么也不肯吃,米粒一颗也没动,
白菜叶,红萝卜,青豆,碰都不碰
就连我给它挖来的蚯蚓,
也不看一眼。
它只是不停地转圈,扑腾,
转圈,扑腾……
大半夜,还能听见它在闹腾,
第三天,它就死了。

它的肉很筋道,汤鲜美。

2017.3.15

丽 姨

难以置信,
那貌美如花的你,在保守年代,
把青春送给一个"玩公子"的你
六十岁了。
中间只隔着一场遗忘。
你倾尽二十岁的荣华
纵身于他深井般的姿态,
此后,你静坐在时光深处
抱着一个没有户口的儿子,
等候着那并不存在的"归来"。
四十年对多少人意味着沧桑风雨,
对于你,却只是一把椅子。
那时候我不懂"爱情",我所听到
看到的只有一个词:"羞耻"。
人们提起你,仿佛提起传染病患者
你住的地方,是世上最偏远的角落,
很多当地人十年都难以到达一次。
那里矗立着荒废的窑塔,大河向北流,

河堤上"品"字形倒扣着一排排水缸

摊开在风雨中的陶罐、瓷碗,

她们沉默,易碎,被一场剧烈焚烧

永久固定在某个形状中。

在没有光的时间里

你抚养着你的"黑崽子",

(我们想起他真觉得是黑色的)

照顾着多病的父亲,给窑上做毛坯赚生活,

包裹起你的美丽

在转盘上,把它旋进那些湿润的泥土,

那肮脏的泥土,等待浴火重生,

焕发釉面清辉。

你穿最土的衣服,却总是给大家买最贵的礼物:

荔枝罐头,墨鱼干,夹心糖,牌子酒……

和你的同窗好友(我妈)一起

关上门织毛衣,说悄悄话,一针一针地

编织那些我听不懂的心事。

我只记得,窗外老下着雨

而你总是那么美丽,

长长的睫毛下一抹永恒的阴影。

而我竟也喜欢上了你嘴中神秘的"他"。

后来,他们也想给你介绍对象,

大胆的男青年追求你,

但你都拒绝了,也不解释。

他们骂你神经病,话说得很难听

什么"难道还想立牌坊……"

只有我妈知道你还在等那个人,

那个"不可能"。

河水流走了四十年,可你仍然住在大堤上,

望着远方。

一望就是一生。

2015.7.11

彭　哥

我是广东台山出生,长在香港,
开始是在 Belgium,后来才来这里
——三十九年啦,很容易的。
那时候开餐馆,能赚钱,
兜里经常两万块,马克,一天就能输掉。
跟朋友,喝酒,输掉,喝酒……
人有钱的时候什么都不知道的
以为生活就是这样,你不知道以后会苦,
喝酒,输掉,看你有多少。
老婆?——我告诉你,小兄弟,
女人花心起来跟男人一样,
等你没钱她就和别人玩,跑掉,
再找?都一样——
我告诉你,一个人很舒服的,
像我,老头子,六十岁
拿政府的也能过得不错。
我大女儿,结了婚,有小孩
很苦的,德国的年轻人都很苦。

两千块欧,能什么用?
房租就八百,小孩子穿什么都要名牌,
大城市,知道吗?大城市都要钱
很苦的。
出来,出来干什么?
我去加拿大,一个老头八十岁
就会说"No, I don't know"
你说出来干什么。
——你过来这边,那边不让站——
三十九年,这里的人不会承认你的
永远是外国人,
但是太久了,回不去了,
我在中国海关,被人拦住
让你走"外国人通道"
——"外国人通道"呢!
中国现在也好了,
我台山还有一个兄弟,
生活也很好了,我回去
按摩,唱歌,漂亮女孩子
左边一个,右边一个,
他们说:哎!你不戒了啊,怎么喝酒?

高兴啊！漂亮女孩子……

中国现在也好了。

我告诉你，人很怪的，

有钱的时候什么都不知道，

电视里看那些贪官

要枪毙的时候都很可怜，

之前什么都不知道。

像我这样，亏了本

没钱，很好。拿着政府每月三百块

够活，去香港走走，去加拿大

看我母亲。想回中国啊，

但是老了，病就来，

逃不掉的！这里看病不要钱，

就这样吧，也没多少年了，

人都以为自己能活几百岁呢！

我告诉你，能到七十就谢天谢地吧。

读书好，没文化苦，三十九年

德语还不太懂说，但懂听。

——我要下班了，再见啊，

以后叫我彭哥就行了。来，握个手！

赶紧读完书回去吧，小兄弟，

回中国去。现在也好了,

漂亮女孩子,

左边一个,右边一个

……

2009

守夜人

两万平米展会大楼响应最新节能标准,

渐上层楼的冷令制服表里如一。

经雨水润滑,小风成功袭入晚出早归不朽的领袖。

我蜷缩在想象中,烧回忆碎片:

开始是一些笑;然后是多油的橘叶上那些安静的太阳。

各种奔跑:下坡,操场游戏,被一只疯狂的牛……

然后是小屋中你,开足暖气的拥抱。

我下决心有钱,去地中海买一片长足的夏天;

但首先要找回那被许多承诺所搁置的"和你";

但首先,明天下班一定狂睡……

哦,不!亲爱的巡视员同志!

从那一声升调并刻意吞没尾辅音的"晚上好"中

我听见摇摇欲坠的工资。

"晚上——也好!"

古怪的回答令他们大笑。

于是我趁机从地中海你的拥抱中

仓惶起身,递上工作检查表。

2009.2.10

两小时零一分

地下候车室,潮闷、阴暗、狭窄的
一个子宫,呼吸着内脏废气,
挤满因等待而空虚的脸,蹲地抱腿成胎儿,
吐早已在地上的瓜子皮,掐想象中的跳蚤,
一只饿猫,徒劳地四处游荡;
在专用于等待的空间,时间尚未存在,
欢乐尚未,痛苦尚未,运动尚未,
死亡尚未。我们站着等,坐着等,躺着等,
一动不动,
等待出生。
"咣当!"铁门打开。黑压压蠕动的兴奋
是涌入还是涌出?进站还是释放?获得还是抛弃?
"你的票!"
一个壮劳力被兰花指无情挡在外面(里面?)。
逃票计划——流产?
我赶紧掏,左裤兜右裤兜,上衣袋下衣袋,
掏出准生证,"咔嚓"!
"装好你的票,进站检票,上车检票,车上检票,出站检票!"

"你的票！你的票！"

坐右边靠窗的中年妇女埋在染黄的头发中，

拿夹子，镊子，吃核桃，"叮叮当当！"

印着铁路标志的果皮盘，多像医务托盘！

镊子，核桃，大脑……手术室！

"铿！"列车抽风一抖，缓缓启程。

我看了一下手机：15:06。

左边皮夹克大伯拍了我一下。

嘿！这不是车站广场转让票给我的

牛大伯果然不是黄牛！

我们开始聊职业，聊生计：

"我年轻时'下放'，后来'下海'，

八十年代是万元户，如今还是万元户，

改革掉二十年的饭碗，开放走了头一个老婆……"

我说"老伯你不愧是知青，如今是愤青。世事无常

何不向左传，研周易，阅红楼？"

他哈哈大笑。我们要了花生米，豆腐干，

四罐啤酒。边喝边聊。

后来他去上厕所，我看书，

瞬间进入一个朝代，

当上了大学士张居正，一会儿

又穿上明神宗的龙袍，长大，夺权……

历史真的存在？哪些真，哪些假？

谁来证明？我存在吗？这满满一车人呢？

说不定除了我，其他都是鬼魂、幻影，

读书有什么用？沉浸在书中的时光

跟这个黄头发妇女沉浸在核桃中的时光有何两样？

我从书中获得智，她从核桃取出仁，

见智？见仁？可是

我读完书能写本书，

她吃完核桃不吐核桃皮，

哈哈！有了……

列车晃了一下，我醒过来。

老知青冲我举起易拉罐。

我们把啤酒都喝光了，他开始说胡话，

大骂明朝的贪官污吏，

骂"隔壁张铁匠"五块钱借了十五年，

后来更离奇，

说为什么卖票给我，因为他是我爸。

"我是你现在的爸，下辈子的爸，

也是五百年前的爸……"

然后他开始打呼噜。

我看着这个比我大　倍的陌生男人的脸

还真跟我有些像,卖给我上车的票,

坐我旁边,喝了几罐啤酒,

就成了我爸?难道真的是我爸?

一个妇女怀抱婴儿扒开人群走过去,

她是谁?抱着谁的童年?

她真的走过去了?还是只曾走过我的大脑……

我也睡着了。

睁开眼,知青大伯还在睡,

核桃妇女不见了,

变成一个红绒上衣的姑娘。

哇!我眼前一亮,世界打开了灯。

她望着窗外,我看个清脸。

很美吗?很忧郁?很温柔?

她是买了这个座吗?缘分?

要么,她是上车后主动坐在我旁边?故意?

否则为什么把脸冲着窗外?

想到这儿,我的血啊……

我的血却回头冲我说话了:

"几点到北京?大哥。"

噢我的天!龅牙,斗鸡眼,平胸!

"淡定!"我对我的心大吼。

然后我微笑,"车晚点,要五点半"。

"这本书是你的吗?大哥!"

"嗯!"

"你学历史啊,大哥!"

"啊……不,不是史,是诗……"

"才子呀,大哥!"

("不敢不敢,大嫂!")

于是她要我讲讲不管诗、时、史、事。

因为毕竟身边没有别的姑娘啊,

在如此寂寞的旅途,如此狭窄的场所。

她坐在这里,别的姑娘就坐不过来;

我要坐到别处去,又找不到合适理由,

太折腾,而且,说不定更糟糕?

于是我们聊啊……

慢慢地,我对她从失望、憎恶生出了好感。

再后来,我竟觉得她前挺后翘,面目姣好。

最后,我偷偷把她称作"伴侣",把这种习惯称作"爱"了。

对面的小眼镜冲我掏出一副扑克,却没别人响应。

于是我们去了邻座:东北大个叫"蚊子",

陕西人被暂命名为"黑脸"。

赌钱犯法，不赌点啥又难分高下。

东北蚊子掏出一盒牙签，做筹码，大家同意。

牙签从小孔出，每人摇三下。

结果黑脸最多，眼镜最少，才三根，

他不高兴，嘟囔着本该平均分。

玩了三局，牙签都堆到蚊子面前去了，

望着自己那么多签，蚊子声气一下粗了；

眼镜也特高兴，因为现在黑脸和他一样少了。

第七局，黑脸大赢了一把，乐呵呵地正数签；

蚊子一分签都没了，

他突然拍了一下桌子，说"不对！

黑脸开始出的一条龙里有个K，后来又出了对K，

但蚊子扎找手里都剩了一个K，

因此黑脸作弊，一条龙里根本没K。

所以，这局不算数！签应该退回来"。

黑脸不同意，说自己没错，你们错了。

于是他们开始清牌，但牌已经乱了，

他们嗓门越来越大，吵起来，

蚊子还推了黑脸一下，被我拽住。

牌还是继续玩，但大家都不大兴奋了。

车到矮碑店，蚊子和黑脸下车，

把作弊、吵架得来的签全扔在桌面上。

"要它干啥！都脏了。"蚊子说。

"那你们刚才还吵架！"我说。

眼镜渔翁得利，攥着一大把签，找别人玩去了。

我回到座，"爸"已经下车，正从窗外向我挥手。

红衣姑娘，我的"伴侣"，还在，冲我笑了笑，

看着空空的座椅，我忽然感到愧疚，

但立即又为这愧疚而自笑。

我们没再说话，默默坐着，不知是珍惜还是煎熬这最后的时光。

玩牌让我很累，等我醒来，"伴侣"也不见了，

她不是和我一起到终点吗？

她撒谎，中途下了车；还是换到了别的座位，别的车厢？

只剩我一个人，

我开始回想"老爸"，"伴侣"，蚊子，黑脸，眼镜……

这些陪伴我旅途的陌生人：

"老爸"的醉酒，"伴侣"的沉默，

都是我未曾打开的门；

蚊子，黑脸，他们为牙签多少所吵的架，

眼镜这个游戏的主持者和终结者，

他眼镜背后是什么样的眼和脸？

此刻我回到自身,静静看着窗外,

车窗倒映的人影,记忆中的人影,

渐渐混在一起。他们真的存在过吗?

倘若我失去记忆呢?即使我记得,

我怎么知道那不是幻觉?

随着人们的下车,接近终点的车厢更空了,

变凉了。窗外,黄昏铺洒在平原上,

在这无垠的视野里,再快的奔跑也是静止。

一排排杨树整齐标出田地的界线,

"如果允许所有人都在自以为是的界线上种杨树,

这世界将是一片黑压压的森林。"

我有些怀念老知青,红绒上衣的姑娘,打牌的哥们,

他们各自送我一场梦,

醒来后,发现原来只有自己。

而我自己,又是什么?

那终点,不在前面,也不在后面。

"唉!快醒醒!车厢就剩你最后一个了,还不快下车!"

一个乘务员使劲推醒了我。

我看了看手机:17:07。

于是我背上包,匆匆下车,钻进另一个子宫。

可是，哎呀！我的票呢？

"我的票！"

2010.10.19

露天电影

在油烟与铁锈味道之间
架起薄薄一片洁白,
带给黄昏黎明般的希望。

大板凳,小板凳,
仿佛自己跑到地坪里,争抢有利位置
空旷充满较量。

神秘自行车终于抵达悬念
后架两侧,铁盒里塞满幻想
"风车"和"大炮"竖起来

夜色像烟越来越浓
手电光柱在打架
瓜子壳和孩子尖叫
在风中飘。

一道强光划破黑暗

鸦雀无声，只有呼呼的轮转声
带领所有好奇心向荧幕上跑

无论上演什么，
大胡子，小马哥，英雄，特务……
一起帮着出主意，一起叹气，
孩子们冲上荧幕，去打坏蛋

喂！
谁挠痒的手遮住了女主角的头？
谁的伞
像宝塔一样在荧幕上升起？

卡带！突如其来的休止
让持久的紧张破裂
抖落无数哈欠，咳嗽，隔空喊话

备用带启用时，可笑的快进镜头
粉碎一切英雄的庄严
哄堂大笑震颤地坪之上的空寂

淡定的只有椅子底下趴着的两只绿眼睛

和坐在最暗处交头接耳的男女

为上厕所走到树林边，

才发现黑暗那么明亮，

寂静在山坡上匍匐

月亮已经出来，星空清澈，

广阔无边的虫鸣，蛙鸣，

环绕着这一小片银亮的热情。

2017.11.20

旱冰场

四个轮子的铁板
绑在鞋底,顿时
平地变得危险,
灵巧变成笨拙。

仓惶中,你顾不上
撅屁股、劈大腿的丑态
特意熨出棱角的新裤子
摔破了洞,

在嘲笑中,目送
熟练的大个子一阵旋风
去搀扶你心仪的那个姑娘

心花怒放的嗔怪,有意的"无意",
就连牵手那么难堪的事情
在这里,化装成理直气壮的人道主义
一对一对,飞起

在阳光下,宽阔的水泥舞池里

享受打破禁忌的空气

在动感响亮的背景音乐掩护下

我们的青春,绽放于脆薄的压抑

湖水在不远处破碎

柳条伸手去蘸那无尽的蓝

旋转,旋转,

南风把摔倒的人一一扶起

就连疼痛都令人着迷

细腰瓶可乐,冒泡的欢乐

二流子,妖精婆,来,

再走一个!

2017.11.20

晴天里的城中村

这里是朱房后街,中街,前街,

五环外一座城中村。

今天,这里出太阳了。

初秋第一场夜雨后,

洗去了芒尖的太阳。

今天,蓝天白云

光顾了这座"曲折复杂肮脏混乱"(城管说)

充满流动人口的村庄。

狭窄的巷道,屋瓦,院子的天井,气窗,防雨棚的破孔

闪耀出一块块方形蓝天,圆形蓝天,波浪形蓝天,T形蓝天,十字形蓝天,

一角蓝天,一条蓝天,一粒粒蓝天……

走到村子的开阔地带,一个主路口,

你就能看到大片完整的蓝天,

毫无杂质,清亮——

秀秀对着小军喊:"可以当镜子使耶!"

但湛蓝的镜面上只照出大团白云,羽毛状飞云,

小云丝,它们清晰,立体,

"怎么那么白啊!不用洗就能吃。"

此刻,就体积、面积、数量来说,

地面的房屋只是附件,

咱们村主要由白云构成。

"真干净!"

"亲爱的,这些蓝色胡同

是庞贝古城,看见那片亮云了吗,

朝它走,经过村中主路,上坡,

下坡,一直走,就是那不勒斯湾,

我们现在看到的是海水在天空的蓝色倒影。"

不,亲爱的,一直走,

是"发伟洗浴""小崔饭馆""成人用品""打印照相"……

但此刻,的确,那些灯箱比任何时候都谦逊,

不比任何其他事物更夺目。

长期被灰尘模糊的槐树、枣树、屋瓦、路面释放出鲜明色彩:

翠绿、明黄、猩红、油黑、棕灰……

尖的更尖,方的更方,硬的更硬,软的更软……

"你是说:避雷针、私建公寓、变压器、晾衣绳?

以前我怎么没有见过它们?"

没有见过的多着呢!

住了三年,我竟然才发现

很多人在自家屋檐下用塑料盆,泡沫箱填土种菜,

让水泥地开出黄色丝瓜花,紫色豆角花,

结出红色朝天椒,茄子,小黄瓜。

流动的岂止人口!还有,你看,

正大摇大摆走过一辆桑塔纳的五只大白鸭。

公共浴池锅炉前劈柴的老头,

肌肉线条真清楚!

他挥动斧头的双手进入阳光,

像罗丹的作品进入博物馆的聚光灯。

妈妈抱着,小男孩在台阶前撒尿,

额头、两腮、大胳膊、小胳膊、脚趾头

熠熠反光——那些向着未来溢出的光弧!

拐角处大泡桐的阴影底下

小卖部的台阶高出地面半米,

坐着两个老太太,

瘦的手扶拐棍,胖的摇着扇子

(扇面上,美女护士用手托出"专治不孕不育"的大字),

几乎每天都在这里,

从任何一个方向都能看见她们。

在明亮天空下,端坐在上班族匆忙的脚步中间,她
们是

漫画、坐标、终点、参照物、云朵的好朋友,

是她们旁边墙壁上无人理睬的标语:"构建和谐社区"。

"太阳真好啊!"

来北京两个星期还没搞定工作,

小月给邻居看她的假文凭:

"妈呀!世上怎么会有这么巧的事呢?

公司的老板娘竟然是这个学校毕业的。

于是我就跑了!哈哈哈哈!"

"哈哈哈哈!"

"晒被子啦,晒被子啦,晒被子啦……"

小豆豆边跑边喊,于是

大门外,院子里,铁楼梯扶手下,屋顶平台上瞬间晾满了

床单、被罩、褥子、毯子、袜子、三角裤、胸罩、衬衫、牛仔裤……

水分迅速蒸发,阳光下越来越透明,轻薄,

翩翩如旗帜,迎风招展人们多彩的隐私。

一床蓝底白花的床单,晒得香喷喷,

三只黄蜂轻轻扑撞着它,

它和旁边的被褥尽情地吸收阳光,

要把它带到终年不见太阳的房间。

在那里,圆圆和强子刚刚吵完架,

"……七年了,加班,撒谎,强装笑脸,哪儿有个头啊?

我受不了!受不了……"

但是此刻,她正抱着一床被子,站在泛蓝的亮光中,

破涕为笑,对强子说:

"你看那朵白云,像不像你?"

"哪里像我?"

"你看呀,"她左手夹紧被子,右手指着空中,

"那不是狗的鼻子吗?翘起尾巴,汪汪叫呢!"

"你骂我!小坏蛋!"他开始胳肢她,她抱着被子跑。

一大群男孩冲过来,手里的"刀"和"枪"闪着光,

无视路人的存在,经过他们就像是河水经过礁石。

两个初中小姑娘,一个说着儿化音,一个呢勒不分,

手挽着手,跳着走,走向气味甜甜的小卖部。

2012.12.28

第五辑 绝句

春 天

1

丁香
用呼吸
看得更清

2

樱花,吹落即绽放
比蓝天更明亮

3

写诗就是发芽
整个春天叫我出去
又叫我坐在桌前

4

铁轨画出果断的弧线
消失在天边　满月升起来

5

一只猫蹑手蹑脚
白鹭警觉地立在水中央

6

满山杏花如云
走近看却总是黑裂树枝

7

不出门,不看挂历,三月
体内自有鸟语花香涌起

8

绕湖一周只为看水
然而,俯瞰的都是云天

9

1100年的古寺中庭,
1300年的古树旁若无人地发芽

10

一朵白云跳出山脊线,

投身湛蓝虚空,散开,消失

11

残雪发黑,

崩裂的残冰像垃圾场,

挂历却写着:立春

12

每天晚上都有新的声音在破土

嫩绿的,粉红的,蔚蓝的"滋啦"

13

第一声雷响,伸出手去
就会有针尖融化成茉莉
滴落在你掌心

14

山桃、早樱、杏花、海棠……
此起彼伏,最后是绿色的日常

15

飞走一些鸟,飞来一些鸟,
每天飘起同样的云,同样的云?

16

春雨连绵

摔碎镜子在每个路口

让你撞见各种自己

2016.4.14

沙漠绝句

1

大漠腹地,
踩钝沙山的刀刃
到峰顶,一丝不挂。
黄色波涛万里
托起一声呼喊,
湛蓝。

2

下陡坡,沉入谷底,
宁静以各种曲线
包围仰望。
水在千米之上浮游。
一粒思想着的沙子
自在,以寂寞。

3

一整天了,终于
跌破层云,一泻千里。
呼啸着的大气闪亮,
无数黄沙的波峰闪亮,
弧形阴影连着阴影
到天边,也在闪亮!

4

沙海之上是广袤黑暗,
一个意识仰卧宇宙间;
安宁的双眼
照亮无数星球。

5

两天两夜,
只有黄沙、白云、蓝天,
单调贫瘠,原来这般庄严;
只有风行沙上:
蛇形,新月形,陨坑状……
流逝变易,竟然如此美丽。

6

千万个沙丘丈量落日的远大;
一队望不尽的卷云绘出蓝天高阔;
大风扬沙,已经十二个小时;
视觉中突然幻现的你
暴露出无边孤寂。

7

沙尘暴刚过,

太阳晒烫中午一点的库布齐沙漠。

一只灰鸽死在向阳坡,

脚环上代码指示:

"高雄"。

8

在困累的尽头,

晨光如一片冰;

空气凛冽,无风;

沙山巨大的弧线画出冷峻清醒;

星斗已经褪尽,

青空比黑夜还幽深。

2011.5.22

四月变奏曲

1

下雨是另一种晴朗,
蒙尘的世界顿时鲜亮。

2

一只白鹭
飘落市区人造的水边
气氛忽然吉祥

3

柳絮满天飘,
情欲竟然可以
那样轻盈

4

边读书,边吃风干肉
可以相互启发

5

一切都在流动
风流动,云流动,绿色在梢头流动,
爱在寂静中流动

6

枯树又开出了花,不曾挽留的事物
都回来了……

2016.4.18

城

1.法兰克福

摩天楼群的尽头
一座中世纪教堂高出万物

2.柏林

到处都是纪念碑,
或类似纪念碑的事物

3.克拉科夫

苦难是核心景点
书店里摆满诗集

4.巴黎

有人在河边撒尿
有人在河边跳舞

5.维也纳

性感油画挂在皇宫里，
出租车司机是印度人

6.罗马

教堂常在修缮，
废墟完好无损

7.伦敦

季节的寒雨冲刷大街小巷,
"伦敦",在书中安然无恙

8.布鲁塞尔

总有一个地方
可以俯瞰全部的生活

9.莫斯科

森林和大雪,
交替着把城市淹没

10.雅典

只有湛蓝海水，

依然是希腊

11.布伦瑞克

你永不再去的

一座城

2016.5.9

三月绝句

并非所有东西都在春天发芽
有的,甚至从不发芽,直接
变成化石,或者灰烬。

不知有多少事物在春天死去,
雪人,火炉,
深山落叶无尽的空。

三月渐渐用绿色把世界关闭。

2017.3.31

光

1

咔嚓——钥匙
旋开浓密黑暗
仿佛墙壁逼近面庞,
艰难地迈进。
直到右手顺着本能,
啪的一声,墙壁坍塌,
灯光从中劈出
沙发,书柜,茶几,地板……
松快,宽敞,
刑满释放的日常。

2

此地盛产太阳。
光叠着光,凝固成

大理石的形状,
带我们攀升头顶的深渊。
雅典娜,豁然即胜利,
坍塌正是耸立,
群山抖落文明的残骸,
把柠檬,橄榄,葡萄……
向炎热高高举起。

3

宁静的颜色
叫"昏黄"。
当时间沉睡,
用你锥形的清醒
笼罩我
把我与自我隔离

4

我曾在混沌中度过多年
当你出现
一切变得清晰
米饭变得清晰,茶水变得清晰,
衣服上的灰尘也变得清晰。

5

阴霾把天空堆成大地。
一阵风,吹出
无数光的碎屑
上下翻飞
很快,天空被大地照亮,
充实被空旷照亮,
温暖被严寒照亮。

6

当我读到那段话

雨就停了,

头顶云团迅疾略过,

河流银亮,草丛清脆,

鸟儿大群飞起,绵羊叫着奔跑……

我已不记得是什么话,只记得

当我读到那段消息

天就晴了

7

有些光是黑色的,

它们被投进炉膛;

有些光带着一丝苦味,

刚从泥地里拔出来;

在水仙的球茎里

囚禁着许多芬芳的光芒;

每当天黑得彻底

就会听到许多真正的明亮……

2018.2.9

孤独时刻

1

所有人都下车了
我却还在车上
我指着窗外风景
朝空旷的车厢回头

2

他走在一个
空无一人的星球
满地都是珠宝
却找不到一声回答

3

光秃秃的山谷里
开出一朵兰花
开了好久,也没人来
它重新变回了一丛草

4

梢头挂着最后一个苹果
没有被饥渴吃掉
也没有被肥沃腐化
它悬在风中干枯

5

旗帜飘扬在高空
所有的目光都在仰望

但从未有人想

把它披在身上

6

我鼓足翅膀

扑向一朵炽热的烛火

突然,烛火熄灭了

2017.5.5

后记

这个诗集是在2020年4月初编的,最近的一首是《2018年12月31日》。也就是说,我有四年多没怎么写诗了。所以一直并未打算写下任何前言后记,不想让现在的沉寂打扰当时的活力,让它们自己去言说好了。

但在反复删改的这段时间,发现自己还在里面,还会颤动,还会跟随,甚至还可以制作。才知道它们还是我自己的诗,或者说,我还是它们的诗。

的确,我想说的,都已经凝聚成这些文字了。但这沉寂的四年(无论它在其他方面是多么活跃),还是为这些追求提供了一个新的注脚。

这四年里(遭受三年严厉的管控),尽管疏于写作和精读,疲于奔命,我依然遵循诗的认识论和伦理学:在下班深夜静听潮汐,上班途中凝望雨云,在食堂的玻璃上追踪夕阳,踩着农贸市场的积水分辨各种气味，在办公室的湿热中观察绿植……甚至，喝酒，唱歌，去海岛徒步，湖中游泳……虽然大部分时光笼罩在焦虑中，但从未轻慢生活的此在。

是的，诗应当是生命的质地与光华，诗性的生活始终是真正的目的，但不通过写作，"诗性"何来呢？放任并非法门，表达构筑存在，语言的道德铺就生存的伦理，只有对表达技艺的推敲，才能从时空中凝聚出锤子和改锥，来运行生命的装修工程。不写诗的生活，难以说是诗的生活。——除非你还有别的写作，别的言语工地。

诗意未必是唯物主义的，但一定是技术主义，工程学的。它最初和最后，都是一种制作。通过它，我们把自己转化为对象，从而实现自我；把自己制作为镜子，让世界逐渐呈形。

所以，与其说我用生活去写诗，不如说我用诗去生活；与其说我用诗去生活，不如说我用诗去拓荒，去突变，去建筑。诗远超从日常中提取的美丽时光，诗是对日常的锻打，浇灌着各色时日发芽开花，有时聚变和裂变，乃至哗变，带来些许惶惑和不安，企及悲伤的深度。但绝不后悔。

诗就是我们珍重生活的样子。无论高低大小，喜忧病健，我们都背着那把锄头，不会停止挖掘，培育我们的生，也安顿我们的死。

第一辑是"行走";第二辑是"悲歌";第三辑是"与你";第四辑是"列传";第五辑是"绝句"。

分类总是陈腐的,它带来的便利低于付出的代价,飞来横祸般的类名词,重压在无辜的每首诗上面,只是为了顾客取货时的方便。你可以用"讽喻诗""抒情诗""叙事诗""风景诗"……来谈论它们,也可以用"思辨""童年""家乡""爱情""友谊"……来审视,但如果它们称得上诗,就总会溢出我们的任何谈论,让人陷入沉默。

2023年1月30日于北京昌平松园

图书在版编目（CIP）数据

悲歌与列传 / 雷武铃主编；杨震著 . — 南宁：广西人民出版社，2024.5

（大雅诗丛）

ISBN 978-7-219-11749-1

Ⅰ . ①悲… Ⅱ . ①雷… ②杨… Ⅲ . ①诗集—中国—当代 Ⅳ . ① I227

中国国家版本馆 CIP 数据核字（2024）第 065557 号

策　　划	白竹林
执行策划	吴小龙
责任编辑	许晓琰
助理编辑	张　洁
责任校对	黄　熠
装帧设计	苏　玥

出版发行	广西人民出版社
社　　址	广西南宁市桂春路 6 号
邮　　编	530021
印　　刷	广西民族印刷包装集团有限公司
开　　本	787mm×1092mm　1/32
印　　张	7.25
字　　数	127 千字
版　　次	2024 年 5 月　第 1 版
印　　次	2024 年 5 月　第 1 次印刷
书　　号	ISBN 978-7-219-11749-1
定　　价	52.80 元

版权所有　翻印必究